清張文学の世界

# 砂漠の海

加納重文

和泉選書

# 目次

扉写真　観音崎　『球形の荒野』

# 第1章　ガラス瓶とボタ山　『火の記憶』

読者にはあまり馴染みが無いかも知れないが、『火の記憶』という小説のことから、書き始めたい。昭和二十八年十月に「小説公園」に発表ということになっているが、実は、その前年三月の「三田文学」に、『記憶』という題名で掲載された小説を、書き直したものである。この時は、「週刊朝日」の懸賞小説に応募した『西郷札』が、前年の「週刊朝日」(三月)・「文藝春秋」(十月)に掲載され、次作の『くるま宿』が暮に発表されただけで、『記憶』は、それに次いで書かれた作品である。芥川賞を得た『或る「小倉日記」伝』に先行して書かれた『記憶』と、その一年半ほど後に書き直された『火の記憶』、二つの作品にかかわりながら、清張小説の内面に触れてみたい。

## 一　『記憶』と『火の記憶』

清張は、後に「『西郷札』のころ」(「週刊朝日」増刊、昭46・4・5)という一文を書いている。「週刊朝日」の懸賞小説に応募して、佳作に入選したころを回顧したものである。入選した小説が、「週刊朝日」春期増刊号に載って、清張は、推理小説の面で尊敬の感情を持っていた木々高太郎氏にそれを送った。それに対する木々氏の返信葉書の文面は、よく知られているが、ここでも載せておきたい。

「雑誌お送り下すってありがたく拝読いたしました。大そう立派なものです。そのあと本格もの矢つぎ早やに書くことをおすすめいたします。発表誌なければ、小生が知人に話してもよろし。

木々高太郎」

というものである。最近、藤井淑禎氏が、この文面の「本格もの」の部分が、正しくは「この種のもの」であることを、あらためて報告されている（藤井淑禎「清張と本格派」、「国語と国文学」平18・9）。同氏が言われるように、文面はあきらかに「この種のもの」であるが、冒頭に紹介した清張の一文は、「本格もの」と誤読して記述を進めているので、とりあえず本人の記述を前提にして、述べていきたい。この問題には後に触れる。

「発表誌なければ」と言われて清張が送ったのが、『記憶』と題した小説であった。これがどのような小説であったかは、「三田文学」掲載のそれを、そのまま転載して紹介するのが誤解がないのだけれど、十分な余白もないし権利関係のこともあるだろうから、極力正確に内容紹介することで、代えたい。小説『記憶』は、前後の部分に分かれ、一は、（ある雑誌に投稿した青枝伸一の原稿）ということで、二は、それに対して（ある雑誌の編輯長畠中善一が青枝伸一に與えた手紙）ということになっている。

一の部分は、一人称のいわゆる私小説的なスタイルで、青枝伸一という「私」の過去が語られる。私の父の出生は、鳥取県の日野郡日野上村字矢戸、母は、中国山脈の西の山口県の山奥。どういう事情でか、二人は広島で出来合いの結婚をして、私は下関で生まれた。父親は、私が六つのときに失踪したことになっているが、なぜか、私の記憶に父親の姿がほとんど無い。写真一枚も残っていない。大きな借金を抱えて、「ちょっと神戸まで」といって出かけたまま、まったく消息不明になった。私には、失踪前の父親について、淡いかすかな記憶があるが、なにか暗鬱で、しかもそれは自家の屋内とは感じられない雰囲気だった。

私の家は、すぐ裏が海につき出たさしかけで、風の強い日には波音も高く聞こえた。対岸には、暗い海峡の向こうに、九州の灯がちらちらした。家の前はせまい道路で、山の崖に向かっていた。かすかな父親の記憶も、その家のなかではなくて、母親に背負われて夜の暗い道を揺られていった先であった。母は道の途中でよく休んだ。御詠歌、大師堂、開け放した窓からガラス瓶つくりの職人が、口に長い棒を当てて、ほおずきのようなガラス玉を吹いていた。父親を訪ねて行った時らしい記憶を母親に訊ねると、母は、「お前の思い違いや」と否定した。私は、なにか親の秘密を感じた。

実は、父親同様に茫漠としているが、もう一人の男の記憶があった。母親が私を背負って夜道を歩いている時、男が母の傍らを並んで歩いている光景。母は、「お前は賢い子じゃけん、今夜のおぢさんのことは人に云うんじゃないよ」、歩きながら背中の私に言った。もう一つ、夢のような記憶がある。ゆるく揺《ゆら》いだ焔が点々と山の姿を描いて連なっている闇夜。その火を眺めている母の横に、その男が立っている場面だけが鮮明なのである。その場面のことを訊いても、母は「知らんのう」と答えた。

母が死んで二十数年が経った。疎開先から持ち帰った荷物の整理をしていたら、風呂敷包の中から、古い写真が数枚出てきた。そのうちの一枚、私には叔父にあたる三十七、八の男の写真に、妻が、「これ、変ね」と首をかしげた。母が郷里の実家を出た頃、お兄さんならまだ二十代くらいの筈だと言うのだ。私は、内心あっと思った。台紙の裏には、YOSHIO，IWATA　PHOTOGRAPHの印刷があった。このコンマが地名を指していることに気付いた。芳雄という駅が福岡にあった。今の新飯塚駅である。印画紙から写真をはがして見ると、写真の裏に「エラ」というメモ書きがあった。「エラ」が名前とすれば、かなり珍しい名である。私は、飯塚のイワタという写真館に手紙を出したり、郵便局に「エラ」という名を問い合わせたりした。郵便局から、一人の人名と住所を知らせてきた。

私は、矢も楯もたまらず大阪を発った。飯塚で訪ねた女性は、「写真の主は、自分の叔父だ」と言った。下関の警察で刑事をしていたが、失敗があってこちらに来て住んでいたと語った。帰途、飯塚駅から汽車に乗った。窓外は真っ暗な闇になっていたが、その闇の中で、高い空の方に真赤な火が、山形の黒い影の稜線となって点々と焔をあげていた。ボタ山の炭が、自然発火して燃えているのだった。ああ、これこそ記憶の光景であった。私は、情人を叔父だと言った母を憎悪し、失踪した父をあわれに思った。

二の部分は、青枝伸一が書いたその原稿に対して、雑誌編輯長が感想を述べるものである。「君」のお母さんを憎む気持は分かるが、君の想像に間違いはないだろうかと言って、推測したことを述べる。「恵良」は刑事だった。恵良刑事がお母さんにより添っていたのは、職務からではないか。君は、「張り込み」ということを知っているだろうか。犯罪を犯して身を隠しているお父さんを、お母さんは「身をもって」逃亡させたのではないか。君がお母さんを憎悪する感情は正しくはないのではないか。編輯長はそう言って、とりあえず原稿を返送してきた。後半部は、こういう内容である。

## 二　女の愛情の形

約一年半後に書かれた『火の記憶』が、前作をどのように変えているかから、観察していくべきであろう。この小説は、ある商事会社に勤めている女性、頼子の話として語られる。結婚話が進んでいた。相手は、取引先の社員で、口数も少なく無器用だが、誠実な性格に頼子は惹かれた。父が早く亡くなってから親代わりになっていた兄が、相手の高村泰雄の戸籍に、父親が失踪で除籍されていることを、やや気にした。兄は、泰雄に対面した後に、妹に向かって、「あれはもういいよ」と言った。泰雄と頼子は、湯河原に新婚旅行をした。翌日は伊豆方面の予定なのに、泰雄は突然に房州の漁村に行き先を変えた。真暗な海面を見ながら、泰雄はなにか言いたげであったが、言わなかった。それから二年経って、泰雄は、過去の秘密を語った。

僕の父は四歳で失踪し、母は十一歳の時に死んで、もう二十年になる。父の故郷は四国の山村で、母は中国地方の田舎。大阪で一緒になって、僕は本州の西の涯のB市で生まれた。父親は石炭の仲買をしていて、朝鮮に渡ったきり行方不明になり、戸籍が抹消された。後家となった母親と暮らした家や、父親に会いに行ったのではないかと思う夜のホオズキのようなガラス玉とか、母の横に並んで立っている男の記憶とかは、前作『記憶』とほぼ同じなので省略。母親の十七回忌の際に石鹸箱の中に見つけた死亡通知のハガキ。九州のN市で死んだという「河田忠二」という人の消息を訪ねて、僕は、筑豊炭田の中心にあるN市に行った。手がかりは、ハガキをくれた人が、「恵良」という珍しい姓であったことだけである。訪ね当てた恵良家で、「河田」が他所で警察官をしており、失敗があってこの地に来たらしいことを語った。帰途の汽車の窓外に、山形の稜線に点々と焔を見る場面は、前作と同じである。僕は、母の永年の疑惑の確証を得た。

泰雄から聞いた話を、頼子は兄に語った。黙って聞いていた兄は、後日、頼子に手紙を寄越した。泰雄の推測には足りない部分があるのではないかと言って、頼子に、刑事の「張り込み」ということを知っているかと訊いた。妹の話を聞いた後に、警察関係の本で、張り込みをしていた刑事が、妻女に同情して職分を忘れ、犯人を逃がしてしまった実例を見た。先日妹から聞いた事件かもと思ったことが、書いてあった。

『火の記憶』の方は、比較的簡単に見ることが出来るので、紹介は簡略にしたが、前作との相違点で注意される点は、小説の中心人物が「犯人の息子→犯人の息子の結婚相手」、疑問の人物が見つけられるのが「写真→ハガキ」、「恵良」姓の問い合わせをするのが「郵便局→N市長」、「張り込み」に結びつけた真相の推測をしたのが「編輯長→義兄」といったところで、小説としての枠組みの部分である。『ゼロの焦点』の禎子や『夕日の城』の澄子を思わせるような情緒的な冒頭とか、「情人の写真→死亡通知のハガキ」のように、記述の不自然を修正するような変化はあるけれど、小説が語ろうとする内容については、ほとんど変わるところが無いと、ほぼ言えそうである。

ほとんど変わることのない内容の部分で、清張は、なにを語ろうとしていたのであろうか。家のなかでの父親の記憶がまったくないことは、なにかの理由で家を離れていたか隠れていたか、そのどちらかだし、そのまま行方不明になったということは、殺人の被害者でなければ、望んでか望まなくてかは不明だが、失踪を望むしか途がなかったということだけれど、小説は明らかにしていない。それは、小説の主題でない。二作がともに問題にするのは、父親でない男と関係を持った母親への疑惑であるが、『記憶』では、父親が絶望の果てに失踪した情人との関係を伯父と詭弁した母親への憎悪を語り、『火の記憶』では、「体内に流れる不潔な血に狂おしい思いを持つ」という程度には内省の感情にはなっているが、大きくは変わらない。それに対して、前者では雑誌編集長が、後者では実兄が、主人公の思い込みを訂正する。犯罪者の逮捕に「張り込ん」でいる刑事に、女の身を挺して、父親の失踪を助けた行為だったのではなかったかと。その刑事への感情が、愛情というほどのものに変わったものではなかったかと。元刑事の写真を大切にしまっていた前者では母親の思い、死亡通知を託した後者では元刑事の思い、そういう違いはあるけれど。

## 三　小説の原風景

二つの作品に接してまず気付かれることは、清張自伝との近接である。その自伝性は、最初の『記憶』の方がより近い。知られている『半生の記』の記述を見ると、清張の父親の郷里は、鳥取県日野郡矢戸村で重なるし、紡績女工をしていた岡田タニと広島で結婚というのもほぼ重なる。下関から海岸伝いの細い街道で、裏はすぐ海になっており、家の裏半分は石垣からはみ出して海に打った杭の上に載っていたというのも、自伝の通りである。

「町の中にガラスの工場があり、職人が長い鉄棒の先にほおずきのような赤いガラス玉を吹いていた風景」も同じだが、実際は、父親に遊郭の女が出来て帰って来ず、母が清張を背負って遊郭を尋ね歩いた時の描写である。小倉の家の近くに廃止になった炭鉱があり、清張は、長女をよくボタ山の頂上に連れて、星座を教えたりした。赤いサソリ座の描写はあるが、石炭が燃える記述はない。小倉から妻の実家に通う時にでも、窓外に見た記憶であろうか。『記憶』が実名で記述するのに対して、『火の記憶』の方は、風景描写はあるが、固有地名は避けようとしている。B市、N市・N駅などと、略称を用いている。母の二人の男性とのかかわりという小説の意図が鮮明になったところで、不要な要素を切り捨てたのだろうか。効果があったのかなかったのか、よく分からない。いずれにせよ、一人の女の心を描くという主題を、清張自身の人生体験を全面的に取り入れながら小説世界を構成した、そういう作品であったことは間違いない。

この小説に接した時、読者の殆どは、これもほぼ同時期に書かれた小説『張込み』を思い出す。『張込み』の場合は、銀行員の妻になっている女性の倦怠的な日常と、逃走犯人との出会いで一瞬に輝く姿という女の内面が小説の意図と思われるけれど、見張っている刑事の心にも、ひそかな愛惜の感情が湧いている。感情を抑制した描写は、『張込み』の方が勝るとおもうが、小説が描こうとするものは、ほぼ同じである。同じ内容を、『張込み』は刑事の視点から、『記憶』『火の記憶』は子供の視点から、描写する。その家に四六時中張り込んでいるうちに、妻女と心が通い合うようになるというのは、分からない感情ではないが、そのような露骨な張り込みは犯人の逃亡を幇助するようなものではないか。『火の記憶』の女心が、現実感を持って伝わって来るには、かなり丹念な書き込みが必要なのに、そこは薄霧がかかったような少年の記憶という形で描写を省略しているのは、マイナスの要素になっているように思われる。それが、刑事の立場から描くという三作目を、清張に求めさせた事情であったように、思われる。

少年の記憶というのは、清張小説の一つの要素である。『恩誼《おんぎ》の紐』は、ほとんど『火の記憶』の姉妹編と言ってよい。九歳の少年が、他家の女中勤めをしているババやんのことを書いている。ババやんが女中をしている家は、奥さんは色の白いきれいな人だった。旦那さんは遠洋航海の船乗りで、三月に一度ほどの割合で帰って来た時には、ババやんとの面会は禁止になった。父親の平吉が家に帰ってくるのは、女房から金を取り上げる時か、同棲している女と喧嘩した時だけだった。『火の記憶』の〝記憶〟を鮮明にすれば、このような場面であったかも知れない。ある朝、奥さんが起きて来なかった。睡眠薬を飲んで眠っていた奥さんの形のいい鼻の上に、濡れた雑巾がかけてあった。『潜在光景』『天城越え』『家紋』、少年の記憶は、清張小説のモチーフの一つである。

『火の記憶』のもう一つの〝記憶〟は、肉親の愛情の〝記憶〟らしい。「対岸を見ると広い川のようでもあり、狭い海峡のようでもある」入江のほとりの記憶である。清張には、この家にわずかの間いた叔母の記憶がある。入江に面した裏の部屋で、父に殴られている叔母の長い乱れた髪。父親に連れられて湊町の祭に行った時、「用事があるけんの、おとなしう先に帰っとれや」と言って家に帰された。「お前はええ子じゃけん、今夜のことは人に云うんじゃないよ」と、母は手を引いている私に言った。『入江の記憶』は父親の、『火の記憶』は母親の秘密の愛情を語っている。四十二、三年も前の真夜中の火事で焼け出された一家が知り合いの家に移った時、叔母の姿はなかった。『入江の記憶』と『火の記憶』は、肉親の愛情の表と裏を描く影絵のように見える。『九十九里浜』という小説がある。四十数年も前に、父がよその土地の女に生ませた異母姉の連れ合いから、突然書信が来るという話である。「海と浜を分ける、気の遠くなるような海岸線」。父と母の隠れた愛情に、どうして常に海の色がかかわるのだろうか。下関から東に海岸沿いの、対岸の和布刈神社が目の前に見える、半分海につき出した家。清張小説の原風景がここにあった。

## 四　「この種のもの」の行方

本章の冒頭で、木々高太郎氏が清張にあてた返信を紹介した。文面の文句の、「この種のもの」が明瞭であるのに、清張は後の文章で「本格もの」と記述し、その誤りを藤井淑禎氏が指摘されていることを、紹介した。清張は続けて、「これが縁で木々氏編修の『三田文学』に小説を二つほど書かせてもらい、あとの一つが運よく芥川賞になった」と書いている。まえの一つが、三月号に掲載した『記憶』である。『西郷札』に添えた清張の手紙には、「このような小説でも推理小説になるでしょうか」との質問をしていたので、木々氏の返信がそれに答えるものであったこと、『記憶』が木々氏の返信に勇躍して書かれたものであったことが、明瞭である。

ところで、『記憶』あるいは『火の記憶』は、「この種のもの」だろうか、「本格もの」だろうか。少年の記憶は、母のひそかな情人への情愛を語り、それを経緯不明であった父親の失踪に結びつけて解釈したのだが、それが、雑誌編輯長あるいは義兄の推測によって、夫への愛情の行為、そして、肉体を結んだ男への女心という真相が語られるという小説であるが、これは、推理小説と言えるのだろうか。清張は、推理小説の意識で書いたものらしい（松本清張全集35「あとがき」、文藝春秋、昭47）。女心の推理といえば言えないこともないが、清張自身も言っているように、推理小説は最終場面においての謎解きが必須である。人間の心のいろいろな可能性を残しながら、薄靄の中に消えていくような終末は許されない。のみならず、母の傍らに朧気ながら残る男の記憶とか、風呂敷包みから出てきた古い写真（『記憶』）、あるいは石鹸箱のなかにあった死亡通知のハガキ（『火の記憶』）といったものが、推理小説（あるいは探偵小説）の〝本格もの〟に必須であるトリックと言えるだろうか。義兄の計略に落ちた雄吾が、『覚書』に「残るは最後の策なり」と記述しながら、どのような挙に出たのか、異母妹の季乃への感情の行方がどうなったのか、そのようなことが書かれることなく終わる『西郷札』と、『記憶』『火の記憶』の終末は近似している。木々高太郎氏の言葉に応えて、まさに「この種のもの」として『記憶』が書かれたと言って、ほぼ間違いない。田村栄氏が「見様によっては松本の推理小説の最初の作品と見ることもできる」（『松本清張　その人生と文学』、啓隆閣新社、昭51）とされているのは、この小説の「推理小説的」要素を認めてであるが、「この種のもの」の内容は、小説記述の手法の問題であり、探偵小説に必須のトリックやアリバイを指してはいない。

それならなぜ清張は、「本格ものを」という誤りの記述をしたのだろう。昭和四十六年に書かれた、すでに二十年近くも経過した、それこそ〝記憶〟だからという説明は、状況としてしにくい。推理小説界の一方の旗頭である木々氏だから、このように言われた気がするという先入観が、うっかりした記述をさせたのかも知れない。しかし、書いて送られた『記憶』は推理小説と言えるような作品でないし、考えれば木々高太郎氏もいわゆる〝本格もの〟の提唱者と言うわけでもない。考えるほどに謎の文句である。

『記憶』は、清張の書いた二番目の小説である。翌二十八年に書き直して発表された『火の記憶』の時点では、すでに八編ほどの小説が発表されている。後に『張込み』が発表された三十年末までを見ると（区分にさほどの意味はない。敢えて言えば、初期評伝小説がほぼ一区切で、清張が初めて自伝『父系の指』を書いた時点まで、という程度）、あわせて二十九編ほどの作品が発表されている。それらはすべて短編小説で、内容は、評伝と風俗とほぼ二分している。評伝小説で言えば、『或る「小倉日記」伝』（田上耕作）・『菊枕』（杉田久女）・『断碑』（森本六爾）・『石の骨』（直良信夫）が、小説家・学者にかかわる評伝で、『梟示抄』（江藤新平）・『戦国権謀』（本多正信、正純）・『転変』（福島正則）・『特技』（稲富直家）・『面貌』（松平忠輝）・『山師』（大久保長安）・『腹中の敵』（丹羽長秀）・『柳生一族』（柳生宗厳、宗矩）・『廃物』（大久保彦左衛門）が、戦国武将を中心にした人物評伝になっている。それらに共通する思想は、懸命に生きる人間の生涯の虚しさ、いや、生きているかぎりその人生の価値に向かって模索しないではいられない人間の宿命、そのようなものである。

風俗小説の方は、『西郷札』『くるま宿』『啾々吟』が幕末の奔流の中での一つの人生を、『赤いくじ』『尊厳』『奉公人組』が史実の一コマの中の人生（後二者はやや挿話的ではある）を描いている。『笛壺』には、「モデルに近い人はいないでもないが」と作者はことわっているが、愛情と研究と、人生を生きる意味あるいは価値はどこにあるのか、それを問うている。無論、答えなどは出ない。『青のある断層』もヒントになった作家がいたと書いている。それを画家の世界に置き換えたと言っている。『湖畔の人』は松平忠輝の落魄を下敷きにはするが、描いているのは、一人の人間が生きるということの意味である。『恋情』は、人生を支える感情が象徴的に描かれ、嘆息するような純粋性がある。

述べてきた評伝小説・風俗小説にともに共通するのは、つねに、記述し伝えられた人生についての解釈か、あるいはそれをもとにしての感傷か若干の創作である。悪く言えば、他人事を淡々と語っているだけといった印象が、無いわけでもない。それに対して『記憶』は、少なくも形式の上では、自分自身の人生を記述の背景にして、語られている。若気の至り、清張は、そう後悔したのかも知れない。執筆第三作、小説というものがどのように書かれるものかについて、迷いもあったのだろう。『記憶』が『火の記憶』に書き改められた時に、自伝ではない、人間の心を主題的に描いた小説なのだという体裁は、一応整えられたけれど、まだ徹底しない感情が残った。昭和三十年の九月に書かれた『父系の指』、同じ年の十二月に発表された『張込み』、この二つの作品が、『火の記憶』の延長線上に書かれる状況があったと、後になってみれば明瞭に気付くことができる。

# 第2章　彷徨する魂『断碑』

『断碑』（原題＝風雪断碑）は、昭和二十九年十二月に発表された小説で、清張のごく初期に書かれた作品である。この頃の清張作品はすべて短編で、おおむね『西郷札』風の風俗小説か、『或る「小倉日記」伝』系の評伝小説である。『断碑』は考古学者森本六爾をモデルとする評伝作品であるが、この作品には、作家としての人生を始発したばかりの清張の内面の投影が多く感じられるように思う。及ばずながら、述べてみたい。

## 一　仮名と実名

述べたように、小説『断碑』のモデルである考古学者は、大正から昭和初期にかけての時期、考古学アカデミーに挑戦しながら、若くして薨じた森本六爾という在野の学者である。小説中では、「木村卓治」という仮名になっている。理解の便のために、小説中の登場人物の仮名と実名を、最初に紹介しておきたい。

「木村卓治」＝森本六爾

「久保シズエ」＝浅川ミツギのちに森本ミツギ。「東京女学館」教員。六爾の妻。

「　剣　」＝鑑　森本鑑、六爾の長子

「杉山道雄」＝梅原末治　京都大学考古学教室教務嘱託から助教授のちに教授。

「佐藤卯一郎」＝後藤守一　東京博物館監査官

「高崎健二」＝高橋健自　東京博物館歴史課長

「熊田良作」＝濱田耕作　京都大学教授のちに学長

「南　恵吉」＝三宅米吉　東京高等師範学校（のちの東京教育大学）校長

「小山貞輔」＝中島利一郎　言語地理学者

「鳥居龍蔵」＝鳥居龍蔵　実名に同じ。東京大学人類学教室標本整理員から教授。

以上のようである。最後の鳥居龍蔵だけは実名で登場しているが、他の人物は、それぞれ著名な学者であるにもかかわらず、仮名になっている。それも、御覧の通りに、「高崎健二」「熊田良作」「南恵吉」などは、仮名から実名が推測されそうな、思わせぶりな仮名である。濱田耕作・三宅米吉両氏は森本六爾の恩人と言ってよく、鳥居龍蔵とおなじく実名で十分と思われるのに、なぜだろうか。高橋健自氏は、恩人とも言えるが、敵対者となっていったように、小説には書かれている。それにしても高崎健二＝高橋健自、あまりに露骨な類似である。他の梅原末治・後藤守一・中島利一郎氏の仮名も、六爾との関係が明瞭なだけに、仮名の意味が理解しにくい。主人公である森本六爾・ミツギ夫妻の木村卓治・シズエの仮名は、小説としてはそれが自然なのだろう。しかし、一子「鑑」の仮名が「剣」なのは、如何。ノンフィクションであっても、自ずと虚構の性格はあるし、すべて実名の方がスッキリするように、筆者は感じる。

今一つ分からないのが、ローマ字略称の仮名である。

「Ｔ」＝坪井良平

「Ｎ」＝中谷治宇二郎　東京大学人類学教室選科生、副手。

「Ｈ」＝樋口清之

「Ｍ」＝丸茂武重

「Ｓ」＝杉原荘介　在野考古学者。日本橋の紙問屋社長。

「Ｆ」＝藤森栄一

「Ｔ」は、梵鐘の研究で知られるアマ考古学者の坪井良平氏で、在野の考古学団体「東京考古学会」のスポンサーとなった功労者である。「Ｎ」こと中谷治宇二郎氏は、鳥居龍蔵氏や梅原末治氏などと立場が似て、さらに東京高等師範学校考古学教室副手の六爾とも境遇が似ている。六爾のフランス行きは、すでに在地にあった中谷の誘いにもよるもので、六爾ともどもフランスで結核に病悩したことも知られている。「Ｈ」は、「籾の痕のついた土器」を書いた「年若い学徒」と、小説には書かれている。中学の後輩にあたる樋口清之氏のことらしい。六爾の最後の病床に侍した、「考古学界」同人「M」「S」「F」たちとは、丸茂武重・杉原荘介・藤森栄一氏などであろうか。六爾の同志であった坪井・中谷氏なども仮名にする意味が分かりかねるが、六爾と同ランク以下の学者には、小説展開の簡明のために、このような処置をしたのであろうか。

誰も相手にしないから、若い者を集めて〝先生〟になっているのだと噂われた。(しかし彼等は現在では第一線の教授となり学者となった)

と、小説中に記述があるが、六爾の盟友であった小林行雄氏(京都大学考古学研究室助手、のちに教授)は「K」とさえも登場しない。

ついでながら、気付いた他の仮名に、次のようなものもある。

「考古学論叢」＝「考古学雑誌」

「考古学界」＝「考古学研究」「考古学」

「中央考古学会」＝「東京考古学会」

「小石川水道橋」＝渋谷区羽沢九六番地

アカデミックの伝統と権威の雑誌「考古学雑誌」に対して、坪井や六爾の始めた民間研究団体とその雑誌、考古学研究会と「考古学研究」(後に、東京考古学会「考古学」)、それにそれぞれ、別名を与えている。雑誌「考古学」は、夫人のミツギ女史の勤務先の東京女学館に近い、渋谷区羽沢町九六番地の六爾の借家を、編集の事務所にしていた。結核の病が昂じて鎌倉・極楽寺坂に転居したものだが、その前の住所も、なぜか「小石川水道橋」と架空の設定をしている。これらの朧化処置は、この作品の内容に決定的な意味を持つものとは思えないが、小説の現実性にかかわる要素があると思うし、気になる架空処置でもあるので、とりあえず最初に紹介した。

## 二　憧憬と反発

小説『断碑』において、清張が描こうとしたものは、なにであろうか。小説の冒頭は、次のように始められている。

　木村卓治はこの世に、三枚の自分の写真と、その専攻の考古学に関する論文を蒐めた二冊の著書を遺した。

三枚の写真の一枚には「精悍な短気な顔」、一枚には「昂然といった恰好」、一枚には「ひどく弱々しい微笑」と、それぞれコメントしている。最後のコメントには、「思わず本心を見せたという感じがする」と記述を追加しているが、「いずれも木村卓治を説明している気がする」とも述べている。そして、卓治が生まれ育った、奈良県磯城郡の三輪山辺の記述から、小説は、おもむろに語り始められる。『断碑』は、木村卓治という人間がいかに生きて死んだか、その人生の軌跡を正面から見つめる、そういう主題の意識を持って書かれたと、明瞭に受け止められる。

奈良の小学校の代用教員である卓治が、憧れて通った京都大学の考古学研究室で、学生が考古学以外の雑談をしていると、卓治は、あてつけのように声高に、考古学の話題を言い出した。「それは中学校だけの学歴の劣等意識からくる反発」と、小説は説明している。畝傍中学で教鞭を取ったことのある東京博物館歴史課長高崎健二の意を得るために、意識して自分の論考に高崎説を引出して、適応させたりした。高崎が、自分の説を援用してくれる若い寄稿者の原稿を「安易に掲載」するのを、小説は、高崎が「田舎の青年の陥穽《かんせい》に落ちた」と表現している。「考古学論叢」(実際は「考古学雑誌」)に発表した陶棺発見の遺跡に関する論文が好評で、高崎は、卓治を励ました際の書信に、博物館考古室の助手に任じる意志があるかと打診した。以前から聞いていた卓治の希望を叶えられそうな情勢があったからである。卓治は、「オレイノコトバナシ」と電報を打ち、さらに何枚もの便箋に礼状をしたため、本人自身が「行李を一つかついで突然上京した」と、小説は書いている。不測の事態で希望が叶わなかった卓治は、高崎を「己れだけの都合を考える人だ」と恨み、憎む気持を持ったというが、「己れの都合だけを考える」とは卓治の方だろう。

卓治が、妻となるシズエと出会うのは、新しく出来た考古学愛好グループの遺跡調査に、彼女が希望して参加した時のことである。小説は、「背の高い、頑丈な身体の女」で、女学校の教師に似合いの「魅力の薄い女」であったと記述している。卓治は、「その後、日曜日ごとに彼の下宿を訊ねてきた」彼女を懐抱《かいほう》した。寂寥《せきりょう》に堪えかねていた時だった。小説は、シズエが「武蔵史談会」を主宰する小山貞輔（モデルは民間言語地理学者、中島利一郎氏）の縁者であり、シズエ自身が高等師範学校の短期（実際は、お茶の水女高師）を出た才媛で、名門の「東京女学館」の教師をしていて独立の経済力がある女性であることを記述し、必ずしも、この現地調査旅行の帰りに「偶然隣合わせとなった」ことが、結婚の機縁となったというだけでないと語りそうなニュアンスである。

媒酌人は、東京帝大を退職して町の考古学者を自認する鳥居龍蔵で、帝室博物館と京都大学という、考古学会の二大アカデミーに反逆する卓治にとっては、その生き方を拠り所とするしかない学者であった。小説は記述していないが、結婚式も鳥居の私邸内、参会者も数名でささやかに行われた。卓治は、新しい会をつくり、機関誌を出して、既成の考古学界への挑戦の姿勢を鮮明にした。「彼は慄えるくらいの闘志が燃え上がってきた。」引き続いて小説は、近侍している高等師範学校長南博士に依頼のあった古墳の調査報告書をめぐって、高崎・杉山さらに佐藤との絶交の経緯を、語っている。卓治は、宣言した。

「これから高崎、杉山、佐藤の打倒を目標に闘います。」

卓治の唯一の庇護者、南博士が急死した。日常の生活も、卓治の研究生活も、すべて妻シズエの肩にかかる状態になった。夫の学問を支えることが人生であったシズエは、これ以上ない有能の伴侶であった。「目標に闘う」と宣言された三人の学者は、専門を変えたり病死したり外遊に出たりして、目前から消えた。ちなみに、参考意見を紹介する。橿原考古学研究所の関川尚功氏によると、「官学の壁は厚い。むしろ六爾の方が弥生時代に逃げたと言うべきでは？」ということである。とすれば、これは小説の意図にかかわる表現かと思われる。「木村卓治はげらげら笑った。」卓治は孤独な勝者であった。相手のいない闘いを続ける卓治の心は、荒んだ。どのように勝利しても、勝利者の席に座る資格が、自分にはない。その（アカデミーの世界のうちに入る）資格を得る唯一の残された道が、フランス遊学である。卓治の頭に、奔然とその思念が浮かんだ。これはもう、狂人の感覚と言ってよい。その狂熱に、シズエも自ら飛び込む。

挫折と失望だけを抱いて帰国した卓治にとって、考古学で生きる道は、学史上に残る研究成果を残すことしかない。その研究課題が、弥生式土器の時代と原始農業というものになるが、これは、卓治に親近する若い学徒の「籾の痕のついた土器」の一文に触発されて、思い付いたものである。昭和八年以降の卓治の研究は、すべてこの課題のものである。フランス行前後から結核菌に侵されていた卓治と妻シズエは、病没するまでの二年あまり、病悩と原始農業だけを友にして、人生の時を過ごしたと言ってよい。卓治は、妻の死の二ケ月後、昭和十一年一月二十二日に薨じた。三十四歳。

小説『断碑』の内容に即しながら、木村卓治こと考古学者森本六爾の人生のおおよそをたどった。一つの人生を辿《たど》りながら、清張自身の所懐は、ほとんど述べていないかに見えるが、注意深く読めば、感情が知られる部分はある。小説の初め頃に、今になって、木村卓治を考古学界の鬼才とし、彼が生きて居れば今の考古学はもっと前進しているだろうとは学者の誰もが云う。しかし、木村卓治が満身創痍で死んだと同じように、これらの人々も卓治のための被害者であった。

と述べていた。これらの人々とは、卓治の考古学に否応なく関係させられた、小説中で言えば、杉山・高崎・佐藤といった学者のことである。京都大学の杉山は、向学心に燃えた青年の、「相手の都合も考えない」無遠慮と高慢な態度を、熱心のあまりだと好意的に許容して、親切に指導するつもりでいた。もちろん、義務も責任も無い。中学出の代用教員が、杉山を自分と同じ経歴の学者と思って、蔭では「杉山君」と呼んでいたという事柄の真偽のほどは分からないが、小説の記述のかぎりでは、杉山に好意の感情が稀薄になるのは、むしろ当然であろう。

帝室博物館の高崎も、かつて教鞭を取ったことのある学校の後輩で、目を瞠る熱心と才能を見せ、しかも、ことさらに自分の学問の傘下で恭順と支援の姿勢を示してくれる卓治に好意の感情を持つのは、自然である。それを小説は、「この考古学の大家は木村卓治という田舎の青年の陥穽に落ちた」と表現している。卓治に、活動の場を与えてやろうとした配慮は、それだけでも感謝すべきである。上京の意志を確認するのは、人事の手続きとして当然のことだったろう。忽卒《そうそつ》に「行李《こうり》一つをかついで」上京するなどは、常識を欠いている。それでも、高崎は、高等師範学校の南校長の副手という立場を、奔走確保してくれた。博物館への願望がどれほどに強かったにせよ、「己れだけの都合を考える人」と恨むのは、筋違いである。清張は、ここで、卓治の「官学への憧憬」を指摘している。

大部分の在野の学者が官学に白い眼を向けて嫉妬する。嫉妬は憧憬するからである。その後の卓治の反発が、官学への嫉妬を底流とすることを指摘している。

卓治の結婚のことは先にも触れた。小説は、卓治とシズエの間に生じた恋情については、まったく述べていない。「偶然に」隣り合わせた座席での、二人の会話として、清張は、鳥居龍蔵も所属する「武蔵史談会」を主催する小山貞輔の縁者だと知って、「よい伯父さんをおもちですね」と、卓治に言わせている。杉山・高崎・佐藤が、卓治の願望に否応なく付き合わされたように、シズエも、卓治の願望にかかわる標的になった。学者たちと違って、シズエは、その人生を賭けて、卓治の願望に奉仕した。

小説は、卓治への批判の言葉も、多く書いている。

○寄稿家達は己れの研究が奪《と》られるので恐怖して遁げ去った。

○あいつのすることはハッタリだと云う者が出てきた。思い上がった自称天才だと悪罵《あくば》した。

○巴里には小便をしに行ったのだろうと嘲った。

○誰も相手にしないから、若い者を集めて〝先生〟になっているのだと嗤《わら》われた。

○一つは卓治の病み切った身体を皆が忌み嫌い、一つは卓治の相変わらずの傲慢な態度を憎まれたのである。

これらの言葉に、清張は、賛意も批判も述べていないが、淡々とでも紹介するということは、すべてが卓治の願望の結果として起きている事柄と認めているとは見える。一言で言えば、卓治は、「己れだけの都合を考え」て生きた男だった。「己れの都合」が、考古学という学問上の世界のことであり、しかも、たまたま優秀の能力を持っていたために、語り伝えられる価値のある人生となったけれど、事柄の本質は、そのようなものである。願望の内面が、学術的な真実への意欲というより、アカデミーへの憧憬であったことは、人生に卑俗の要素を加えるが、人間の欲望というものは、所詮そのようなものだ。その真摯さも卑俗さも加えて、懸命に寄り添って生きた二つの魂、清張は、それを書いたのだと、小説を読むかぎりでは、そのように感じられる。

## 三　民間考古学者

小説の記述とは別に、森本六爾の実像を追う努力をしてみたい。六爾は、明治三十六年三月二日に、奈良県磯城郡織田村大泉二二二の森本猶蔵長男として生まれた。明治四十二年四月に磯城郡大西尋常小学校入学、大正四年四月に奈良県立畝傍中学校に入学。大正九年に同校を卒業した時に、六爾は友人の堀井甚三郎（地理学者、後に奈良女子大学教授）とともに上京、堀井は東京高師を受験、六爾は国学院大学予科を受験した。六爾は、合格したが行かなかったと、年譜には記されている。藤森栄一氏も、「森本家の場合は…とんでもないことであった。家には八人の弟妹たちがひしめいていた」（『二粒の籾』、河出書房、昭42）と記述している。それは、受験する前から分かっていたことで、いささか不明瞭と感じるが、六爾の弟一三男氏（元桜井市朝倉小学校長）の一文がある。六爾が大学に入ったら家系を相続しなくなるであろうし、弟妹も進学を希望するようになるからその負担に耐え得ない、として両親が猛反対したということである（「回想の記」、「大和史学」四巻一号、昭43）。森本家は、豪農と言うに近かったとも言われている。どちらにせよ、結果から見れば、六爾の不本意の人生の最初の一歩となった。

大正九年、磯城郡三輪尋常高等小学校の代用教員に任じた。月俸二十円。給料よりも書籍購入費の方が多くて、出入りの書店を驚かせるような代用教員であった。考古学への傾斜が、始まっている。素志が通せなかったことで、いっそうに求める感情が激しくなったのかも知れない。翌年三月に依願退職。正教員の資格検定試験の準備のためという名目で、父猶蔵の求めでもあったが、六爾の方は、検定試験どころではない。この年十月五日、アカデミーの「考古学会」に入会し、同じ月に刊行された、梅原末治氏の古墳関係の著書にも刺激され、考古学に生きる感情は、いよいよ強烈となった。六爾が、三輪の地から京都大学に通うようになったのは、この頃からである。最初、好意をもって接していた梅原が、六爾と疎遠になっていく経過は小説に書かれているが、どの程度真実を伝えているか、明らかではない。後に梅原は、人の世に生起するさまざまの痛ましい出来事のうち、とりわけ胸を打つのは志業に専念してゐる有能の士が道半ばにして倒れることである。若くから燃える様な情熱を以て一向に考古の学に従ふた森本六爾君が、前途に多大の希望を懐きながら壮齢にして逝いたのは、相嗣ぐ同好の士中谷治右二郎君の死と並んで、最も身近なこの痛ましい体験として、思ひそれに及ぶ毎に深く両君の為に悲しむと共に、学界の為にも痛恨の念を禁じ得ないのである。（『日本考古学研究』「序文」、桑名文星堂、昭18）

と哀悼の意を表して、小説の雰囲気と多少相違する。ただし、この文章の後に、「郷里に於いて早く上代遺物に就いて実際上の知識を得てゐた君は、この分野の研究に参加して、他との摩擦など考慮することなく続々所見を発表し」とか、三宅博士の没後、庇護者を失って「新たな試練の途」が始まったこと、けれども坪井良平など同志の協力で、「荊棘突破成るかと思われたこと」とかの記述がある。六爾の、「旺盛な学への意欲と功名心」が三宅博士以外の先輩学者を遠ざける因ともなったが、六爾の「熱心と情誼」が若い同好の士に深く感化するものを残したとも、書かれている。六爾の人間を語って、示唆的である。

翌十一年三月、再び磯城郡香具山尋常高等小学校の代用教員となり、その在職中に、「大和に於ける家型埴輪出土の二遺跡について」（『考古学雑誌』十三巻一・二号、大11）が発表されている。ここも一年間で退職して、半年後の九月には、今度は生駒郡都跡尋常高等小学校の同じく代用教員となっている。代用教員とは、今でいう非常勤講師のようなものと思われるが、それにしても頻繁である。大正十二年には、「考古学雑誌」に論文二編。一編は梅原と共著の古墳調査報告である。共著と言うより、単に近隣の古墳調査をした資料を尊敬する梅原に提供したというものである。「三年の代用教員の間に両親を納得させ、上京が始まった」と一三男氏は書いている。「納得」より「諦め」であったのだろう。十三年三月に退職して上京、同年六月五日付の「考古学雑誌」会員動静報告欄に、「下谷区谷中坂町六三臥龍館」に転居と出ている。

六爾の上京に関しては、帝室博物館歴史課長高橋健自氏の誘いがあったことは確かである。六爾は、大正十年に喜田貞吉主宰の雑誌「民俗と歴史」に「お綱祭」の原始神事を寄稿している。また同好の田村吉永氏と共同で謄写版刷の雑誌「土」を発行、家型埴輪出土の古墳の報告などを載せている。これらを高橋に送り、考古学会への入会を希望したのであろう。その際に、高橋は、若い後輩に慣例的な祝意を述べたと思われる。翌年、「考古学雑誌」に載せた処女作と言ってよい先述論文を、「今度高橋先生から御話のあった本紙の余白を借りて」と書き出している。同論文中で、梅原を「私の最も尊敬する先輩」と述べ、高橋は「先生の高説」と記述している。六爾執筆の論文では、「博士」「先生」「氏」「さん」「君」などの敬称が、しっかり使い分けられている。高橋は「先生」、先輩梅原は「氏」である。「高橋先生」は、おおむね「第一人者」の「高説」とし、四面楚歌の説にも、「必ずしも〝大胆〟であり〝早計〟であるとも言えない」などと、果敢に支援しようとしている（「大和高市郡畝傍イトクノモリ古墳調査報告」、「考古学雑誌」十四巻一号、大12)。見え透いたとも言える好意の姿勢に、高橋は動かされて、六爾を身近に迎える配慮をした。

大正十三年の六爾の活躍は、目覚ましい。「考古学雑誌」十四巻は、四号（一月）から十三号（十月）まで、掲載の無かったのは七・九号だけである。この十一月五日の会員動静報告には、「転居・下谷区上根岸八八岡本方」と出ている。上根岸八十八番地は、考古学会の住所すなわち高橋健自の自宅の番地である。知られるように、上京した六爾は、願望していた帝室博物館には職を得られなかったが、東京高等師範学校長三宅米吉博士の副手という立場は得た。六爾は、恩師とも言える高橋の隣家にわざわざ住居を確保した。二食付き二十一円は六爾の月俸と同じである。藤森氏は、「二、三十円の援助は国元から受けていた」と推測している（『二粒の籾』）。六爾が、身命ともに高橋に奉仕する姿勢を、あえてさらに示した行動と言えるように思われる。「考古学雑誌」への寄稿も、第十五巻（大正14年）が五編、第十六巻（大正15年）も五編。雑誌編集の責任者である高橋との、信頼関係の継続なくしては、考えにくいであろう。

## 四　最後の死に場所

翌昭和二年、六爾は、三宅の使いで訪問して知己となった坪井良平などの、若い考古学仲間とともに考古学研究会を創立し、雑誌「考古学研究」を創刊した。とともに、「考古学雑誌」への掲載は、まったく断絶してしまう。「考古学雑誌」への寄稿が不能になって、我が国初の民間考古学雑誌を始発せざるを得なくなったのか、民間雑誌の創刊で、アカデミーへの門戸が閉ざされたのか、詳しい経緯は不明である。経緯は不明だけれど、アカデミーに反してでないと生きていけない、六爾の人生の方向がここに定まった。この時点では、六爾には、まだ自覚した気持はなかったと思われるけれど。

アマチュア考古青年たちの活動の中で、六爾は、人生の行方を定めるもう一つの経験を持った。ミツギ夫人との出会いである。昭和三年二月五日、若い同人たちは、病気療養中の仲間の見舞いを兼ねて、上総国分寺への調査旅行をした。それに初めて参会したのが、芝虎ノ門の女学校で教員をしていたミツギ夫人だった。藤森氏の表現によると、「黒い顔で、男のような大きな骨組みと硬い肉、女性らしさのにじみ出ない、嗄れ声」の女性であった。六爾とミツギさんは、調査の帰途に「偶然」電車で隣席になり、道々の会話の間に、二人の結び付きの方向が決まった。一週間後の十二日、六爾は坪井良平を訪ねてきて、「僕たちは、昨夜結婚しました」と宣している。六爾には、奈良に伴侶となる女性がすでに決まっていた。にもかかわらず、どうしてこの結婚が成立したのか。六爾が、この結婚を奈良の両親に報告した書信が残っている。それを紹介する。

父上、僕は結婚しました。彼女は浅川ミツギといいます。鳥居博士門下の女流考古学者です。彼女はお茶の水女高師の理科家事科を卒業しました。女学校は福岡県立福岡高女、本籍は福岡県筑紫郡大野村下大利、その土地での旧家、血統に厳密な父上、ご安心下さい。血統は良く、このことは僕がうけあいます。財産は田畑四・五町、その他山や林、僕の家と前後するものと存じます。

…（昭和三年三月七日付書簡）

野合に近い行動に、ミツギさんの寄宿先の伯父中島利一郎氏をはじめ、奈良の森本家、ミツギ夫人の生家、それぞれに拒絶反応があった。それがどのように克服されたか、結局事実を追認するしかないという決着になったのであろうと推測するが、三月二十五日、鳥居龍蔵博士の媒酌で、内輪の結婚式が行われた。新郎側に三宅米吉夫妻、新婦側に中島利一郎夫妻が親代わりとなると、媒酌人がいない。どのような因縁か定かでないが、鳥居龍蔵夫妻が家族をあげて実現の労をとってくれた。六爾は、鳥居家の近く、麻布龍土町五九番地の家に転居した。

六爾は、非運の人である。考古学者としての人生を賭ける気持で接近を意図した高橋健自は昭和四年九月に病没、高橋に代わって唯一の庇護者であった三宅米吉も、同じ四年の十一月に薨じた。アカデミーに背反しながら、学問に邁進する鳥居龍蔵の姿は、これぞ今の六爾の範と言うべき生き方であったが、結婚式の翌月、一家をあげて満蒙の踏査に出かけてしまった。三宅学長の死後、ただちに失職した六爾は、研究会を支える僚友坪井良平も、大阪転任によって失い、雑誌「考古学研究」も発行書肆から見離されようとしていた。しかし、悲運ゆえの希望といった、運命の巡り合わせもあるものだ。東大人類学教室の選科生から副手になっていた中谷治宇二郎との出会い、気概にあふれた書肆店主岡茂雄との出会いが、東京考古学会の結成となり、雑誌「考古学」の刊行となる。昭和五年一月のことである。六爾は、初めて拠るべき立場を得た。六爾の生も死も、この新しい研究会と研究誌に賭けるものになった。この頃、六爾が懸命になって奔走したのは、民間の考古学雑誌を支えていく同志の発掘である。板橋源（東京高師学生）・樋口清之（国学院大学学生）・浅田芳郎（早稲田大学学生）・藤森栄一（長野在研究者）・小林行雄（神戸在研究者）・杉原荘介（東京在研究者）などなど。若い芽を育てることよってしか、自分の未来を開いていく方途はない。六爾は、必死であった。けれど、アカデミーに途を持つものは、早かれ遅かれ、六爾のもとを離れて、自分の道を求めていく。それは仕方のないことである。

六爾は、突然に、フランス行を思い立った。昭和六年のことである。すでに在仏していた中谷の誘いがあったというが、六爾からの打診に、迷いながら答えただけである。六爾の突然の来仏が、「奇異の感を抱かせた」（「巴里と森本君と私」、「考古学」七巻三号、昭11）と、中谷は後に書いている。人間は、夢を見る動物である。その夢が強烈であるほどに、非現実な幻想が希望の可能性として眼前に見えてくるものらしい。突然のフランス行きを聞いて、直良信夫が反対した時、六爾は、「どこでもいい。洋行しただけで箔がつく」と答えた（高橋徹『明石原人の発見』、朝日新聞社、昭52）。箔のついた六爾の落着き先を、ミツギは必死に探し回った（濱田青陵「森本君を憶ふ」、「考古学」七巻三号、昭11）。「パリに小便をしに行ったのだろう」と冷笑された六爾のパリ生活は、語る必要もないであろう。

語られるべきは、夫婦の宿命とは言いながら、一人の男の妄想に、疑うことなく寄り添った一人の女の心情である。藤森栄一氏は、書いている。

森本六爾の渡欧が、身のほど知らずの自殺行為だったなどと、ミツギさん以外の誰がいえるだろうか。

六爾は、昭和七年三月九日に、東京に帰ってきた。

帰国後の六爾には、東京考古学会と「考古学」以外に、生きる術がない。それだけを正面から見つめて、共に生きていくしかない。精魂傾けるのは当然である。どこかに逃げ道を探す気持は、完全に消え去った。恐らく、残された時間がさほどにないことも、確信に近い気持で感覚していた（高田十郎「最後に会った森本六爾君」、「大和史」三巻三号、昭11）。白装束で斬首の筵《むしろ》に控える囚人の姿にも似ている。首を打たれるまでの僅かの時間になすべき課題として、六爾は、日本原始農業という課題を見出した。昭和八年初頭、その作業への着手を、「考古学」巻頭に宣している。長野から大阪あたりを放浪していた藤森氏は、その辺の情報にまったく疎遠になっていたが、たまたま東京に来て、思い立って六爾の家を訪ねた日、六爾は、東大の人類学教室に招かれて「低地性遺跡と農業」という題で、講演に出るところだった。六爾は、藤森の辞するを許さず、家来のように引き連れて東大に向かった。藤森によれば、講演は「ヘタの見本」で、発声は聞きとりにくく、私語して別の話題を興じている人たちもいる、というようなものであった（『二粒の籾』）。この頃の六爾の狂熱的な執筆活動は、昭和八年の一月から八月までに十八編、九月から十二月までが十五編、翌九年には二十九編と、まさに死力を尽くしたと言ってよい活動をしている。昭和十年十二月二十八日夜、病床に駆けつけた杉原荘介と格闘するような口述筆記の原稿が最後のものである。論題を「弥生式石器と弥生式土器」として、「考古学」七巻一・二号（昭11）に発表されている。

## 五　自負と孤独

小説『断碑』のモデルである森本六爾を考える時に、その中心になるのは、彼の強烈な個性の問題である。先に紹介した梅原末治氏によれば「功名心」、濱田耕作氏によれば「気を負ひ功を急ぐ」とは、かなり穏健な表現で、普通には、傲慢、高慢、不羈狷介といった表現が似合うような、峻烈な性格であったようである。若い日に六爾の僚友として民間の考古学研究会を一緒に組織した坪井良平氏でも、

僕や三輪さんたちが、森本君とうまくやって行けたのは、本流の古代をやらず、梵鐘や石像物の趣味家の協力者だったからだ。もし、森本君と同じようなテーマの研究者だったら、それこそ一年も手をつないで仕事をすることなど思いもよらなかっただろう。（『二粒の籾』）

と言っている。六爾には、同じ立場で協調する姿勢が無い。しかし少年の頃の六爾は、むしろ弱い泣

き虫であったと言われている。けんかをして家の裏の藪に逃げこんで、日が暮れるまで出てこなかったとも語られている（『二粒の籾』）。今で言えば、いじめられっ子に近い。いじめられっ子は、弱みにつけ込まれないために、往々、必要以上の強さで反発して、強さを誇示する虚勢の性格に育ちがちである。その時、実際に人並みにすぐれた能力があった場合には、その強さの確信が優越感となって、自信的な人格が支配し勝ちである。六爾の人間性は、その典型のように思われる。

中学四年の時には、『万葉集』の歌意について教師と論争したり、歌集を編んだりした。その後、考古学に関心を持って、中学校の教師に一目おかれるほどであった（乾健治「考古学者—森本六爾の生涯」、「大和史学」四巻一号、昭43）。畝傍という遺跡と遺物の宝庫で育って、考古学で身を立てる希望は、無意識のうちに身に沁みついて、過剰な自信ともなっていた。六爾の自信は、アカデミーの権威にこそふさわしい。弟の一三男が、中学校を出て早稲田大学への進学を希望した時、六爾は、「一高・三高を受験して東大・京大などの国立大をめざせ」と訓戒している（森本一三男「回想の記」、「大和史学」四巻一号、昭43）。それは、六爾自身が望みたかった。六爾が国学院大学予科を受験したのは、成績はさほど目立たなかった六爾の、やむを得ない妥協であったのだろう。親の猛反対で国学院進学は諦めたというが、むしろ余計な格付けをされない方が良いという六爾の計算があったかも知れない。

京大に梅原を慕って通っている時、学生たちにことさら示威的であったというのは、中学校の学歴の劣等感の裏返しである。梅原を、蔭では「君」で呼んだという挿話は、もし事実であるなら、同じく中学校の学歴という対等意識の誇示である。後に、高等師範学校の副手として、三宅校長に従って教室の後尾の席に座していた時、学生の初歩的な質問に思わず軽侮《けいぶ》の笑い声をあげたという挿話も、学歴劣等意識の反映であろう。畝傍という考古学の土壌で育った素養は、それなりに優越するものがあっただろうけれど、六爾はそれだけに支えられて自分の見識を誇示した。

実は、小稿を成す過程で、橿原考古学研究所で、森本家から委託された六爾の関係資料の整理にあたっている、女性学芸員の方にお話をうかがったことがある。その時に筆者は、「森本六爾は、本当にすぐれた考古学者ですか？」と、無遠慮な質問をした。彼女は、小考して、六爾に接したアマチュアの同好者の中には、自分の調査や報告が、六爾にうまく取り込まれてしまったことを言ったりする人が案外いる、というようなことを語った。清張の小説にも、「(自分が書く方が) ずっと面白くて尖鋭な考察になりそうである。彼はその原稿を没にした。代わりにその主題を自分が書いた」と書かれているところである。大学あるいは博物館という遺物に恵まれた環境になく、自由な発掘も許されない立場であれば、精力的な発表活動を継続しようとすれば、他人の研究の調査や報告に目が行くのも自然の成り行きだろうし、六爾は、そういう着眼と構成にとりわけすぐれた資質を持っていた。

また、六爾には、「思いついたアイデアやプランは、ただちに行動にうつせ、宣言しろ」といった姿勢があった。ほとんど部屋に閉じこもるばかりのパリ生活のなかでも、次々と浮かぶ論題を、ミツギ夫人宛の「巴里短信」に際限なく書き続けている。モノに絶対的に恵まれない民間考古学者が、官立の組織に対抗するには、理念の世界で勝負するしかない。その部分はすでに我が軍が侵攻しつつある、あるいはすでに占拠に至ったなどと、先駆けて宣するしかない。遺物や遺跡の整理がどれほどに厳密にされても、それが考古学というものではない。そこに生活が語られなければ学問でないという意見も、結局、遺物や遺跡に手をつけることが出来ない立場で、苦肉の状況で見つけていった論理ではないか、という気がする。それが、弥生時代と原始農業といった成果に結びついた偶然は、困窮する者を見かねての神の配慮でもあろうか。これらは「本来官立の組織で、全国的な規模で果たされるべき作業である。ところが、なすべき立場の組織が手を拱《こまね》いて何もしない。我々のやむを得ずしてなさざるを得ないところだ」という対抗の姿勢は、それによって自らの存在が支えられている意識でもある。フランスにあった中谷と六爾は、考古学界のオルガナイズについてよく語り、六爾は、帰国後「考古学」を月刊とし、巻頭の「編輯者言」で、考古学全般についての研究と活動の方向を具体的に提示した。

傲慢、狷介《けんかい》として、一部には蛇蝎《だかつ》のごとく嫌悪されたという六爾の性格には、自分よりも優越なる立場にあるものは、利用されるもの、超越されるものとして存在するとする露骨な価値観が、すぐ感じとられたものであろう。香具山尋常小学校の代用教員になったのは、「授業さえ真面目にやれば、どこに行っても」と言われたからだそうである。すべては、六爾の考古学のために存在する。高橋健自・三宅米吉・鳥居龍蔵、新たな庇護者を得ると途端に、居所までも近隣に移す見え透いた姿勢は、気が付かれればこの上ない不快として嫌悪されることになる（坪井良平「森本君と私」、「考古学」七巻三号、昭11）。

ところがここに、それと似つかない、ひたすら六爾を敬慕する青年たちがいる。再度名前をあげると、板橋源・樋口清之・浅田芳郎・藤森栄一・小林行雄・杉原荘介などといった、六爾が死場所と定めた、雑誌「考古学」に集まってきた青年たちである。青年たちとの交流の一端を紹介する。

藤森氏がまだ中学生の頃、同級生の家のダイコン畑から、骨の入った壺を得て、短い報告文を書いた。「やがて森本六爾という、知らない人から手紙がきた。」東京考古学会の雑誌「考古学」の主幹をしている、著名人からの手紙である。研究の報告を書いて欲しいというハガキが、計五枚も来た（実は、ミツギ夫人の筆であった）。原稿を送って二日目に、「原稿を見て感激した」という電報がきた。つぎに速達、続いて手紙も来て「見れば見るほどに良いものだ」と感激した口調で書いてあった。感激したのは、藤森の方である。雑誌「考古学」あてに、せっせと論文や報告を書くようになった（『心の灯』、筑摩書房、昭56）。早稲田大学の学生であった浅田芳朗は、六爾が、考古学者和田千吉に寄稿を依頼に来ていた家で、出会った。考古学にはまったく無知であった浅田にまで、考古学会への入会を勧誘し、原稿が出来たら持って来るようにとまで伝えた。浅田は、正月休みに志方大塚古墳にもぐりこんで小報告を書いた。浅田の下宿は、六爾の家から歩いても十分ばかりの場所にあったが、六爾から、三日もあけず速達が届いた。ある日、電報で呼び出した浅田に、渡欧のことを告げ、留守中の

「考古学」の編集を託した（浅田芳朗「森本六爾の回想」、「考古学ジャーナル」2、昭41）。若い後輩への信頼は、感情を振るい立たせるに十分であった。浅田は、容姿まで似るほどに、六爾に傾倒した。小林行雄氏は、書いている。

（六爾の）言動は、考古学に興味をいだきはじめた若者たちを惹きつけた。肩書きをもたず、時間にしばられないで、誰にでも自由に話しあえる先輩として、…多くの後輩を指導した。それが在野の学究として必然的な生き方であった。（「山内清男と森本六爾」、『日本の歴史1』「月報」、小学館、昭48）

〝必然的〟というか、在野の若い研究者を背景にしなければ、生きていけなかった。精神的にも経済的にも。

六爾は、鶏頭となるも牛尾にはなれない、というタイプの人間なのだろう。同レベルあるいは師や先輩にあたる研究者に、あれほどに忌避され嫌悪される六爾の、この信望が、筆者にはなかなか理解できなかった。それについての解釈の一部は後に述べるが、本来的に、君臨がふさわしく臣従は出来ない人間性であったように思われる。象徴的な挿話がある。小学校の代用教員であったとき、同僚の教員が、ある原稿を脱稿して日付を入れた時、西暦で記入した。校長が「日本人でありながら西暦を使うのは…」と注意すると、間髪を入れず六爾が立ち上って「何が悪いのか」と反駁した（下野宗逸「教師としての森本六爾君」、「大和史学」四巻一号、昭43）。小学校の十分間の休憩時間はあっという間にリンが鳴った。ある日、リンが鳴って便所に行った児童が、古い女先生に叱られた。少年からそれを聞いた六爾は、「今度、俺もリンが鳴って便所に行く。先生もリンが鳴って行ったと言ってみろ」と言った（梶本三雄「森本六爾の思い出」）。後年の六爾を彷彿させる挿話と思う。正義感とは違う。どう説明すれば良いものであろうか。師や同僚には忌避されながら、弟子たちには兄慕される。忌避されることを兄慕の条件として利用している面がある。いよいよ嫌悪されて、孤立する。明瞭な説明はしにくいが、状況としての事実はこのようである。

## 六　自分の道

清張が、小説『断碑』について、語った文章がある。「朝日新聞」（昭36・11・17）に掲載された、「わが小説」という題の短文である。

私の初めのころの作品に『断碑』というのがある。昭和三十年に書いたもので、私としては最も愛憎している小説の一つである。主人公は、若くして死んだ考古学者森本六爾夫婦をモデルにした。

私が初めて森本六爾の名前を知ったのは九州の職場である。そのころ、同じ部署にいた人が考古学に興味を持っていて、何かと私に話してくれたが、あるとき、とうとう森本六爾も亡くなりま

したね、夫婦で考古学と討ち死にしたようなものです、と話した。当時、私は森本六爾がどのような人か知らなかった。（中略）

森本六爾は、当時のアカデミックな考古学への反逆に一生を賭けた人である。当時、考古学界から嘲笑されていた森本学説も、今日では新しい学徒に大きな支持を得ている。私が森本夫婦のことをテーマにしたのは、彼の学問への直感力と、官学に対する執拗な反抗である。私の作品に多い主人公の原型は、この森本六爾を書いたときにはじまる。

森本六爾は、自説のためには師にも反抗した。彼ほど敵の多かった学者も珍しい。その一生はついに報われるところなく、奈良県の茅屋で夫婦とも血を吐いて死んだ。私は彼が山犬のように権威にかみついたところが好ましいのである。しかも、それまでいわゆる「列品」考古学にしかすぎなかった学問を、今日のように生活に結びついた考古学に完成させる動機を作ったのは、生前認められなかった彼の学説なのだ。

『断碑』を書いたことで、私は文学的にも自分の道を発見したように思っている。当時、この小説は評論家に黙殺された。

　この文章に知られるのは、この小説のテーマが「彼の学問への直感力と、官学に対する執拗な反抗」であったということであるが、筆者がこれまでに辿ってきたところを見れば、これには、注釈が必要と思われる。まず「直感力」から言うと、考古学の発展の道筋は、個別の遺跡・遺物の調査から、その基礎的把握の上に立って、人間の生活・社会の問題に向かっていくというのは、目に見えている。筆者の専門である国文学研究の初期が、明治以来文献学に集中していたのと、事情は似ている。遺跡・遺物の宝庫をフイールドに出来ない在野学者である六爾には、その「基礎」の部分はある程度省略して、その「先」を自分の研究の根拠にせざるを得なかったということであろう。京都大学学長にもなった濱田耕作氏が、六爾を「気負った態度」と言っているのは、初対面の時から、考古学研究のあり方を自分の研究姿勢と重ねて強調する六爾の態度を、評したものと思う。

六爾の「気負った態度」の裏側にあるものは、彼の強烈な願望である。東大の鳥居龍蔵、京大の梅原末治という好例がある。アカデミー本流の中に、どのようにかして立場を得たい。立場さえ得れば、自分がアカデミーを率いて、考古学としてあるべき研究を…そこまでの意識があったかどうか確かではないが、六爾が、アカデミーの内側に地位を得たい願望は鮮烈であった。梅原に、高橋に、三宅に、六爾がアカデミーへの糸口を求める態度は、あまりに見え透いて露骨である。なりふり構わずと評してもよい。清張が言う「官学に対する執拗な反抗」の内面は、求めて得られない者の、今はそれしかない自己顕示である。〝反権力者〟は〝権力者〟と、筆者はつねづね感じている。清張も、小説中で「嫉妬は憧憬」と述べているから、気付いていないはずはない。「動機はどうあれ、官学に反抗してさえいれば」と、清張が言っているはずがない。

先の文章のなかで、清張は「森本夫婦のことをテーマに」と、言っていた。六爾がモデルなのであるが、清張の頭には、「六爾とミツギ」という夫婦の話という感覚があった。六爾とミツギ夫人の結び付きについても、先に述べた。出会って一週間も経たない間に、二人は〝夫婦〟になった。時間のことを言っているのではない。気の毒な言い様だけれど、ミツギさんは、〝女〟の魅力がにじみ出るタイプの女性ではない。六爾自身も、実家に結婚の承諾を求める手紙のなかに、そのように書いている。その手紙に、彼女の〝知性〟に惹かれたのだと、書いている。〝知性〟に惹かれて、なぜすぐ肉欲に結びつくのだと、筆者も皮肉を言いたくなるが、六爾は、ミツギが自分にとって、これ以上ない〝考古学の支援者〟になれる女性だと、直感したのだと思う。六爾が、梅原や高橋に接近しようとした時と同じ感情、いや計算である。六爾の計算が、このミツギ夫人においては計算以上の確かな結果を見た。彼女もおそらく、六爾の心の中は分かっていたであろう。もともと結婚などというものは、計算が本質である。夫婦は一身同体という美辞があるが、不幸な願望に取り憑かれた男のすべてを受け入れて、ミツギは文字通り同体となって生きた。〝純愛〟ということを信用しない清張も、こういう女の生涯に打たれるところがあったのであろう。市川での現地調査から結婚までの過程を、事実をボカして、都会の孤独の中で二つの心がより添っていったように書いたのは、清張のせめてものはなむけではなかったろうか、筆者は、そのように感じたりする。

小説が書かれる時に、それが作品化される主題が無くては、作品が成立しないということはないと思う。この小説の場合も、清張が身近な上司から聞いた「考古学に討ち死にした夫婦」の話が、清張の気持に残り、そのことを実際に確認してみたいという感情が、作品成立の発端である。小説家として始発したばかりの清張にとって、依頼された小説を仕上げるという現実的な必要もあった。新聞社に在籍してはいるが、記者ではないので、取材して記事を書くというのは、清張には初めての経験だった。それまでの清張小説は、おおむね史実に対する彼の解釈として、成立していた。近時のナマの現実に対して、その真実の姿をつかむために、ノンフィクションライターのような気持で取材し、それをあるがままに語る。そういう小説があり得る。後の、戦後史・昭和史から古代史・西域史につながっていく小説の姿勢の、端緒がここに見えるように、筆者は感じる。先に紹介した文章の最後に、清張は、「『断碑』を書いたことで、私は文学的にも自分の道を発見したように思っている」と書いていた。その意味は、そのようなことではなかったろうか。平岡敏夫氏は、木村卓治という人物に森本六爾という人間の〈文学的理想化〉がされている、という意見を述べられている（「『断碑』論—藤森栄一『森本六爾伝』と共に」、「松本清張研究」第六号、平17）。小説の主人公に、その作品の主題を形象していくのは、この前に書かれた『或る「小倉日記」伝』『菊枕』でも見られるように、清張には鮮明に意識されていたことなので、「文学的にも自分の道を発見した」というのは、それとは別のことを言っているように筆者は感じるのだが、どうであろうか。

小説『断碑』について、清張に、六爾のことを取材された藤森氏は、

『断碑』の木村卓治は、私の接したことのない、冷たい、むしろ残酷な、ねばっこい人の影像だ

った。材料も、私がしゃべった溺れるような師弟の愛情の追憶などは、ほとんどカットになって、また、ミツギ夫人のあたたかい愛情の生活などは、いっこうに出てこなかった。（『二粒の籾』）
と批評している。藤森氏が接した頃の六爾は、雑誌「考古学」を最後の拠り所として、藤森氏など若い考古学徒と接し育てることにしか、自分の生きる道が無くなっていた頃の六爾である。追い詰められた最後の状況のなかで、懸命に、ある意味最も純粋な考古学徒の心情を持って生きていた頃の六爾である。その中で、生命の火が燃えつきる瞬間を頂点として、人間のみが許されると言ってよい、魂を触れ合わせる経験を持った頃の、六爾と青年たちである。アカデミーにひたすら憧れる、権威がすべての考古青年であった時からの六爾を見てきた清張には、藤森氏が期待したような六爾像は、結ばれていなかったと思う。
六爾について、興味ある記述がある。
森本さんは、黒のダブルの背広に、ベロアの中折帽をかぶり、さっそうとステッキを振った。光った黒靴は歩道にカッカッと鳴った。（『二粒の籾』）
（高等師範学生であった高橋源が六爾の家を訪ねた時）森本さんの生活はわりと豊かな感じで、お手伝いさんの少女もいた。森本さんがそのねえやさんに、とりすました口調で、「奥様はどこに行かれたか」ときいた。（同）
などの、描写である。権威にひたすら取り入ろうとして、あるいは肩を並べようとして、俸給と同じほどの下宿に住んだり、実家には時に金の無心をしたりする身で、渋谷区羽沢町の閑静な住宅に女中を雇い、生活の糧はほとんどミツギ夫人に頼りながら、取り憑かれた願望を鼓吹《こすい》しつつ生きるしか出来ない男。戦後、八人の家族を抱えて闇の箒商売にあくせくしながら生きた経験を持つ清張には、別種の人格である。嫌悪に近い感情を、あるいは持っていたかも知れない。清張は、ミツギ夫人の縁者であった言語学者の中島利一郎氏から聞いた話が、いちばん参考になったと言っている。中島氏は、止宿していたミツギさんが、野合に近い形で六爾と結ばれたことに対して、実家に対する責任上からも、かなり憤激されていたらしい（前述、橿原考古資料館学芸員の談話）。六爾にあまり好意的でない批評を、述べたかも知れない。中島氏の意見も、藤森氏の談話も、そして清張自身の感情も、それはその人だけのものである。それらの感情を極力抑制しながら、一つの人物評伝を書きあげた。清張が、「文学的にも自分の道を発見した」と言っているのは、あるいはこのような小説手法の問題であったかとも、筆者は、思ったりする。

**追記**

『断碑』論と直接かかわらないので、触れなかった二つの事実について、記述しておきたい。一つは、六爾が死んで一年後、国道十五号〈現在の国道二十四号〉線の工事のために多量の土砂を必要とし、磯城郡田原本町の溜池唐古池の水を抜いたところ、弥生時代の村の姿がそのまま出てきた。森本六爾が水稲農耕社会をしきりに説いた、弥生時代の村である。小林行雄と藤森栄一、二人の弟子は、夢中で池のどろの中を這いまわった。清張は、六爾の孤独な生涯を描いたが、その研究価値については、ほとんど触れなかった。六爾の生涯を、考古遺跡・遺物の中から、人々の社会や生活を復元しようとする考古学者のそれと認識して、それを主題として小説を構成していたなら、小説『断碑』は、主人公が死んで後に鷗外の日記が発見された『或る「小倉日記」伝』のような小説となったであろう。弟子たちが戸惑うような六爾像とは違う主人公が、象形されたかと思う。

次ぎに、フランスからの帰途が近くなったころ、六爾は、しきりに「帰国したら上林温泉に行ってみたい」と言っていた事実。帰国後、何度か信州の藤森を訪ねた時も、同じようなことを言うので、上林温泉などに行ったこともないはずなのに、どうしてそんなことを言うのかと、藤森氏が不思議に思ったということと符号する。信州の上林温泉は、たまたまフランスに来て六爾とも知己となった林芙美子の因縁の地らしく、六爾の彼女に対する感情とも関連する事柄らしい（参考、今井英子『林芙美子　巴里の恋』、中公新書、平16）。パリでは彼女から来室を断られたらしい六爾だが、帰国してからも二人の間に往信などはあったらしい。この辺のことは、清張は知っていたのか知らないでいたのか、小説に触れていない。どのようにでも記述したとすれば、孤高の考古学者像がややボケてくることは確かだから、わざと触れないでおいたことだろうか。後々参考になることがあるかもと思って、以上二点を追記した。

# 第3章　香椎海岸と和布刈神社　『点と線』と『時間の習俗』

松本清張が流行作家としての地位を確立した時期は、昭和三十二年の二月から翌年一月までの一年間、雑誌「旅」に連載した『点と線』、三十三年三月から翌年一月にかけて雑誌「宝石」に連載した『ゼロの焦点』が、江湖に普《あまね》く迎えられたあたりではないかと思われる。昭和二十六年、「週刊朝日」の懸賞小説に応募した『西郷札』が佳作として入選、それを契機として作家としての歩みを始めた清張は、昭和二十八年以降、顕著に精力的な活動を見せているが、それは、必ずしも推理小説作家としての活動ではなかった。彼の本格的推理小説の開始は、昭和三十二年の『点と線』を嚆矢《こうし》とし、以後、社会派推理小説と呼ばれる新たな価値観を持つ作品が、次々と発表されることとなった。その『点と線』および、姉妹編と言ってよい『時間の習俗』、この両作品についての私見を述べてみたい。

## 一　発端

『点と線』は、情死を扱った作品である。いや、情死に見せかけた殺人を扱った作品である。官公庁の収賄・汚職事件が追求される時、往々に、たまたま核心的な場所に位置した官僚―それは、おおむね課長補佐と呼ばれる程度の中級実務者であった―が、司直の追求に耐えかねて命を絶つケースが、稀でなかった。大方は、実直な中級官僚の犠牲的な自死行為であったけれど、これが、殺人としてなされた時には、どうなるか。当然、殺人事件として厳しい捜査が行われ、その背後関係が糾弾されていくであろう。それが情死となれば、事件としての捜査もなされず、社会的な問題になっている汚職事件の追及も、偶然の情死事件のために、曖昧模糊《あいまいもこ》の状態となって雲散霧消してしまう。それを狙った殺人事件の顚末として、この作品は語られる。

小説は、昭和三十二年一月二十一日の早朝、博多湾に臨む香椎海岸で、男女二人の遺体が発見されるところから始まる。二つの死体の間は隙間も無く接して、共に着衣の乱れも無く、付近にオレンジ・ジュースの瓶が転がっていた。二人とも死者と思えない血色をして、これが青酸カリによる服毒死であることが、明瞭であった。現場に到着した福岡署の刑事・警察医・鑑識係などは、一目見て「心中事件」と即断した。誰が見ても、自然な推測であった。しかしこれが、情死を装った殺人事件であることが、福岡と東京の二人の刑事によって、解明されていく。この小説の大筋は、このようなものである。

## 二　東京駅の四分間

香椎海岸で発見された遺体の一人は、ポケットから出てきた名刺入れから、××省××課の課長補佐「佐山憲一」とすぐ知れた。今一人の女性の方は、これも財布の中の名刺から、赤坂の割烹料理屋小雪の女中「お時」であることが、すぐに判明した。この情死事件に不審な点があるとすれば、佐山憲一が、現在汚職事件の摘発が進行中の官庁に所属する、しかも中枢に近い立場の官僚であり、彼の消滅は、汚職事件の解明に確実に打撃となる事態であるから、このタイミングの良い情死が、本当に情死であるかどうかの疑いは、誰しも抱く。

本当に情死であるとするなら、二人が情死するにふさわしい濃密な関係であったという前提が確認されなければならない。その確認として知られた操作が、東京駅における「四分間の空白」である。後に、この殺人事件の実行者であることが分かる、機械工具商安田商会の経営者安田辰郎が、割烹料理屋小雪の女中二人とともに、博多行特急あさかぜに、佐山とお時が、談笑しながら乗車するのを目撃することで、その確認がなされたということになる。佐山とお時の愛情関係は、警察の調べでは、全く発見されなかった。それが、東京駅の人混みの中でのただ一回の目撃で立証されたということになるのであるが、十三番ホームから十五番ホームを望見できる時間は、十七時五十七分から十八時一分までの四分間だけであり、その時間に間に合うことを頻りに気にしていたという安田の態度から、警視庁捜査二課の三原警部補は、これを「作為」と感じる。

この小説の展開のために、三原警部補が感じた「作為」の認識は、多少鋭敏に過ぎる感もあるが、必要なことでもある。だから、それに異をとなえることはしないが、この小説のトリックとして著名な四分間の空白の設定そのものには、疑問を感じる側面もあり、述べておきたい。

東京駅における、十三番ホームから十五番ホームが見渡される四分間の設定は、この小説を話題作とした要素であるけれど、作品のリアリティーの問題として言えば、疑問の余地があると思う。というのは、この偶然が、佐山とお時の情死を納得させる、唯一の有効な場面であるにもかかわらず、虚構の要素が勝ち過ぎていると感じるからである。第一に、鎌倉に帰る安田を、東京駅のホームまで見送りにと依頼するのが、通常の感覚でない。次ぎに、空白の四分間の間に、女中二人を十三番ホームに立たせたとしても、佐山とお時が、その四分間の間に十五番ホームに上がってくるという保証も何もない。博多行の特急「あさかぜ」は、十七時四十九分から十八時三十分の間、十五番ホームに停車していた。佐山とお時の二人が、問題の四分間の間に乗車するという約束などはない。さらに、乗車するとしても、どこの階段から上ってきて、人混みの中をどのように進んで乗るか、安田の目に触れながら乗るという保証もない。この辺、平野謙氏も、「具体的な説明がない」と批判されている（松本清張全集1「解説」、文藝春秋社、昭46）。

要するに、この偶然は、安田によって「作為」的に仕組まれたものであるが、偶然が、現実の出来事となる可能性は、かなり少ないことであった（山前譲「九州を舞台にした本格推理」、「松本清張研究」vol.5、平10）。にもかかわらず、事実として実現した。この小説の骨子ともなる設定として構想されていたからである。この偶然は、佐山とお時の情死を説明する、唯一の要素であるから、一〇〇パーセント実現しなければならない偶然であった。後に、安田の北海道行の精緻なアリバイを突き崩していく過程がこの小説の骨子となるけれど、三原警部補が感嘆するほどに計算し尽くすことができる安田が考えた、一〇〇パーセント現実になって貰わなければならない設定としては、配慮が行き届かない演出となっていないだろうか。小説だから良いというものではない。小説のリアリティーを確保するものは、それぞれの部分のリアリティーである。この小説を話題作たらしめたこの要素は、多分に推理小説を読み馴れた読者であれば、少しも疑問を感じず、むしろよくぞ思い付いたと拍手されるような設定なのかと思う。推理小説感覚に習熟しない筆者には、わざと奇抜な設定をなしたような非現実性の方が気になる。この疑問は、やはり指摘しておきたい。

## 三　列車食堂の受取証

香椎海岸で、男女二人の情死体が発見されて、男のポケットにあった、列車食堂の受取証の「御一

人様」の記述を見て、福岡署の鳥飼刑事は、思わず、

「御一人様？　この男は一人で食堂で飯を食べたのですかな」

と、感想を洩らした。洩らしただけでなく、これを気に留めて、娘に「婚約者が空腹で食事しようとしている時に、お前は付き合わないで待っているか」と聞いてみたりして、一月十四日、佐山が東京駅で目撃された日の列車食堂での食事が一人で済ませたものであることを推測した。警視庁から出向いた三原警部補は、鳥飼刑事のこの推測を聞いて、「おもしろい着眼ですね」と褒め、自分も同意見だとして、東京駅では二人で乗った特急車内で、佐山がその日のうちに一人の行動になったことを推理した。同行していたお時は、二十三時二十一分に到着した名古屋以前の駅で、降車していたであろうという推理であった。

列車食堂の受取証などがポケットにあったというのは、受け取ったけれどすぐに捨てられなかったというだけで、わざわざ取っておいたなどというものではない。たまたまポケットにあったとしても、博多駅か旅館のクズ籠にポイと入れられれのが普通であろうが、それが五日後までポケットのうちにあって、鳥飼刑事や三原警部補の推測の手がかりになる。ややギクシャクした流れに見えるが、まあ、それは容認するとして、それが、特急が名古屋に着く以前に、すでに一人になっていたという証拠に、どれだけなるだろうか。恋人が食事をしたいと言えば、付き合ってコーヒーでもというのは人情ではあろうが、体調が悪かったり、すでに眠かったり、なにかの事情があって席に残っている場合も、少

ない可能性ということでもないだろう。要するに、列車食堂の受取証から、すでに名古屋駅以前に佐山が一人であったことを推測する設定が、必要な構想としてあったからということである。

推理の経緯を不自然と感じるけれど、それとはまた別に、お時が熱海で下車し、安田の妻亮子の到着まで、旅宿で五日間を過ごすということの意味とは、どういうものであろうか。それが、分かりにくい。十四日の夕刻に東京駅で特急に乗車した佐山は、博多に着いて旅宿に入った。一緒に特急に乗車したように見せたお時は、熱海で下車して、お時はお時で、熱海で無聊な五日間を過ごしている。後に、亮子と合流して博多に向かったことから推測して、安田の愛人お時は、佐山の殺人計画を知っていて、愛人安田のために、役割の一端を担って行動していたのであろう。それなら、東京駅で同僚の女中二人に目撃されるという役割を果たした後に、完全なる情死計画が遂行されるために（自分が情死の相手となる殺人計画であったはずは無い。このあたり、安田はお時をどのように説得していたのか、小説にはまったく説明が無い）、そのまま博多まで同行し、〝愛し合う恋人〟にふさわしく見える演技を全うするというのが、自然な流れではあるまいか。情死直前の濃密な愛情が演出されるなら、その方が望ましいが、本当の恋人でない佐山との交情は堪えられないという感情も理解できる。だがせめて、旅宿の同じ部屋に寝起きして、現世の名残の時間を共にしている〝ふう〟を装うくらいはしてもいい。身の置き所も無い感情のままで放置されている佐山を、無事に〝情死〟の終着に至らしめるための、ひそかな監視役としても、お時は、佐山の周辺にあるべきであった。それでこそ、死地に向かう佐山を、送り出す役目をしっかり果たしたであろう。

それなのに、熱海で下車し、なぜか、五日間の無意味な待機の時間を過ごす。その設定が必要であったとすれば、それは、最後の情死現場に連れ出す時に、二人が一緒にいる場面が支障になるという程度のことしか考えられない。この小説の末尾で、佐山とお時が出発したあと、安田がなぜ「六日間も間を置いて福岡に行ったか」について、安田が「すぐ東京を離れては疑われるという用心からです」と説明している。それは承認するとしても、その間、佐山とお時が別々にいることを求められる状況は、なにもない。むしろ、不自然で無意味な設定と言ってよいが、そのために、列車食堂の「御一人様」の受取証が、無理に構想されている。この一連の発想が、作者のどのような必要の認識によって、小説に取り入れられたのか、筆者には、推測しかねるものがある。佐藤友之氏は、この作品のトリックの〝リアリティーの欠如〟を、明快に批判している（『松本清張』、三一書房、平11）。実のところ、筆者もほぼ同意見である。

## 四　翼でもないかぎり

ところで、長編推理小説としての『点と線』の根幹は、言うまでもなく、事件の実行者安田のアリバイ崩しにある。安田警部補の質問を受けて、安田が、一月二十一日前後の行動として答えた内容は、次のようなものであった。福岡の香椎海岸で情死事件があった頃、彼は、北海道出張の最中だった。安田が手帖を取り出して言った内容は、「二十日十九時十五分、上野発急行。二十一時九時九分、青森着。翌日九時五十分、青函連絡船乗船、十四時二十分、函館着。十四時五十分、根室行急行「まりも」函館発。二十時三十四分、札幌着。札幌駅で、出迎えの双葉商会の河西某に会い、その案内で、旅館「丸惣」に入って宿泊。翌日の二十二日・二十三日も同旅館に泊まり、二十四日に北海道を発ち、二十五日に帰京」というものであった。まさに、北海道と九州、接触しようのない距離で、これが判然とした事実なら、安田の犯罪の実行は不可能である。

もちろん、三原警部補は、安田のアリバイ崩しに奔走する。まず、安田が乗ったという、上野駅十九時十五分発の急行「十和田」に乗車して、青森着が翌朝九時九分。函館に十四時二十分に着き、五十分に急行「まりも」発。寸分の狂いも無く、安田が答えた通りに、夜の札幌駅に着いた。双葉商会の営業主任の河西にも聞いたが、安田の言う通りであった。ただそこで、河西が洩らした小さな疑問。急ぎの商談と言って電報で呼ばれた割には、不急の用件であったということ、それと、出迎えたのが、ホームでなく待合室であったこと、この二点が、三原の疑念として残った。ここから三原は、安田の虚構を確信し、青函連絡船の乗船客名簿で確認することを思い付いた。やっとのことで函館駅に着き、乗船客名簿を調べた結果、安田辰郎の名を目の前に見て、「三原は完全に敗北を悟った」と、小説は記している。乗船客の中には、汚職摘発渦中の石田部長の名もあった。安田が香椎海岸での情死事件を演出して、ただちに北海道に向かったとして、どのように操作しても、凶行後の二十一日二十時三十四分着の急行「まりも」で札幌に着くことは不可能である。ここで閃いたのが、福岡—東京—札幌という飛行機の活用であった。結局、この発想と官僚組織の隠蔽工作の発見によって、アリバイが崩れ、情死を装った殺人事件の内実が明るみに出ることになる。

このアリバイ崩しの過程を見て、疑問に感じたことから述べる。三原は、列車ではどのようにしても博多から北海道に着くのは不能、「翼でもないかぎり」と思わず呟いた時、途端に「あっ、と危く叫」んで、階段を二段滑るほど驚愕して、飛行機に気付いたことを、小説は記述している。しかし、これはおかしい。戦後十二年、旅客機営業も開始されて、小説でも確認しているように、

福岡　8：00　→　東京　12：00（302便）
東京　13：00　→　札幌　16：00（503便）

という経路があることは、自明である。これを、今、仰天させて気付かせるというのは、小説の作為が過ぎる。この飛行機トリックについて、森村誠一氏は、刑事が漸く最後に空路に気がつく点など、『点と線』は、清張にしては軽すぎますよ」と批判している（座談会「松本清張の時代に生きて」、「松本清張研究」第四号、平15）。それに対して安間隆次氏は、「それは平均的な庶民の感覚だったのです。これこそリアリティというものでしょう」（『清張ミステリーの本質』、光文社、昭59）と言われているが、筆者の意見は森村氏に近い。昭和の三十年代の始め、飛行機などは庶民感覚に遠かった、それは確か

であろう。筆者も、本章の元になる拙文（「女子大国文」137号、平17）を発表した後に、「あの頃は飛行機なんて…」と年配の知人に注意されたこともある。けれど、昭和二十六年に日本の民間航空の運航が始まり、日航機が三原山に墜落するなどの事件も数年前に起きたりして、航空ルートは十分に知られていた。特に、アリバイ設定についてあらゆる手段を考えているはずの安田には、それが一番に浮かぶ思慮であるのは、当然過ぎるほどのものである。

この小説は、日本交通公社発行の「旅」という雑誌の連載小説である。従って、清張のサービス精神であるが、終始、列車にこだわった構想と記述を意図している。その結果として、気付くなら、最初に気付いてよいトリックに、後になってあらためて着想させるといつた、見えすいた不自然な構想をさせている。あまり言いたくはないけれども、瑕瑾と評されるべき事柄かと思う。

## 五　香椎海岸

最大の問題点は、情死現場そのものにあると思う。佐山課長補佐は、東京駅で目撃された特急で博多に着き、情死前夜まで、市内の丹波屋という旅宿に泊まっていた。鳥飼刑事の質問に、宿屋の主人は、「客は、毎日何もせず、陰気な顔でひたすら電話を待っていた」と答えた。情死前夜に女性の声で電話があり、佐山は慌てて出て行ったという。汚職事件の渦中にあった課長補佐は、石田部長の指示を待っていたのであろうが、それにしても出入業者の内妻に呼び出されて、厳冬のしかも闇夜の海岸に、さほどの疑問も無く連れ出されるのは、説明を必要としない行動であろうか。鳥飼刑事の聞き込みによれば、二人は国鉄香椎駅前の果物屋の前を通り、「さっさと西鉄香椎駅の方へ」歩いて行ったという。同じく鳥飼刑事は、聞き込みの最中、若い男から、知らない男女の一組の情報を得た。通りすがりに、女の「ずいぶん寂しい所ね」という声が聞こえたという。

男に連れられている女が、「ずいぶん寂しい所ね」と口にしたことから推測すれば、この女は、佐山を香椎海岸に連れ出そうとしている亮子ではない。博多で再会して、安田に連れられているのはお時で、連れの男が安田である。それにしても、お時は、東京駅で佐山と一緒に特急に乗ったところで役目は果たした筈で、今、安田に連れられているのを何のためと考えているのであろう。自分が情死の相手として、青酸カリを飲むために海岸に向かっていると思っているはずがない。熱海から、安田夫人の亮子と一緒に福岡入りしたお時だから、佐山が待ちうけている運命については、知らされているだろう。安田と一緒に向かっている海岸で、佐山の身に何が起きるか知った上で、安田と同行しているのである。しかし、それが情死という形で実現することとは全く思っていない訳であるから、わざわざ熱海からこの厳冬の海岸にやってきても、表向きは、彼女が果たすべき役目はなにもない。

安田はお時を殺すと、

「おおい、亮子」

と、大きな声で呼んだに違いありません。亮子は、

「はぁい、ここよ」

と、闇の中で答えたでしょう。

と、小説は記述している。恋人たちに似合いの、夏の夜の海岸ではない。玄海灘の強風が吹きつける香椎海岸で、声も互いに見知っている知人同士が、互いの姿が闇の中に溶け込んでいるのを頼りにして、近接して位置を占めながら、しかも、互いの相手に青酸カリを飲ませるという役目をほぼ同時に果たすなどということが、可能性として無ではないけれど、きわめて不自然、きわめて低い確率でしか、実現しない事柄ではなかろうか。しかも、どこかの時点で、僅かな支障が生じただけで、精密に準備した計画が軽く頓挫してしまう。頓挫はしない、小説だから…と言うのはおかしい。小説だからこそ、よりリアリティに支えられた設定がなされるべきである。

## 六　『時間の習俗』

『点と線』から四年後、昭和三十六年五月から翌三十七年十一月にかけて、清張は、同じ「旅」に、『時間の習俗』という小説を連載した。旧暦元旦未明に、関門海峡の九州側突端の和布刈岬《めかりみさき》で行われる神事の幻想的な描写から始まり、冒頭から清張作品らしい情趣を感じさせる小説である。この小説

に登場するのが、『点と線』でも活躍した、警視庁捜査一課の警部補三原紀一と、福岡警察署の刑事鳥飼重太郎である。このことでも分かるように、『時間の習俗』は、前作『点と線』を意識し、その姉妹作の形で成立した。同じ雑誌「旅」の連載小説ということで、清張のサービス精神を感じる作品である。内容も、前作と同じく、小倉・博多・水城と福岡辺を舞台とした推理小説であるが、殺人の現場は、神奈川県北端の相模湖で、福岡周辺は、アリバイの舞台として活用されている。

二月六日の夕方、相模湖畔の碧潭亭ホテルに入った二人連れのうち、男性客は、湖岸で絞殺死体となって発見された。男は、名刺から、業界紙「交通文化情報」の編集発行人土肥武夫と、すぐ判明した。女の行方は不明であった。被害者の女性関係を中心に、事件の捜査が進められたが、痴情説・怨恨説とも真相は不明であるが、不明となっている女性の単独犯行とは考えにくいというのが、大方の意見であった。殺害の動機も含めて、真相を把握できない捜査本部は、土肥の交遊関係を中心に約二十名の調査対象者をリストアップした。

そのリストを眺めていた三原警部補は、

ふと、その中の人物に、「博多出張中」とある事項が眼に止まった。

名前は、「極光交通株式会社専務　峰岡周一」とある。

この人は、二月六日の午後三時羽田発の日航機で福岡に行ったと説明がついている。

峰岡周一という人物は、小説冒頭の和布刈神事の描写の後、朝八時頃、小倉駅近くの大吉旅館に現れた男である。結局、この峰岡周一が、相模湖畔での殺人事件の実行者ということなのであるが、三原警部補の犯人への飽くなき追求が、このように「ふと…眼に止まった」という形で展開していくのは、疑問のないことであろうか。

この「ふと…眼に止まった」から始まった峰岡への気持は、その後「どうも気にかかった」「納得できるまで確かめてみたかった」「諦めるのは早い」「納得がゆくまで…切れない」「どこか引っかかる」などと、三原の単なる気持のひっかかりのままの状態で、捜査が進められる。それは、自分の峰岡へのこだわりが、相手に「かえって気の毒」に思うほどなのであるが、「完全なアリバイに、かえって気持がひっかかる」という形で、〝犯人〟への確証がかえって強められる。平野氏は、「作者はいたるところで同じ次元の感想をばらまいているだけで、そういう警部補のカンを深めるような事実も論理も、ほとんど描いてみせてくれない」（前掲「解説」）と批判的である。筆者も、全面的に同意見である。西鉄の定期券売り場辺にいたことが峰岡の口にのぼらなかっただけで、「故意に省略したように」に思われ、それが、ただちに「峰岡周一は都府楼址に行ったのではない」と確信される。当初、土肥周辺の調査で上がった二十名のうち、「アリバイが証明された者が三分の二で、あと三分の一は当人の供述以外には確証が取れなかった」と言いながら、アリバイが完全に近い峰岡だけが、三原警部補の眼に「ふと、止まって」、その後は、峰岡と三原の、アリバイとアリバイ崩し、小説の内容はそれがすべてと言ってよい。

調べれば調べるほどに疑いようのないアリバイだが、一方では、三原の「粘りづよい」性格「疑念に執着」する性格、一方では、峰岡の、三原の訪問を「待っていたよう」な態度、「ぬけめのない」性格、「落ちつきはらった」笑顔、「練りに練った計画に沿って、きわめて細心な注意を払う」性格、この両様の個性を組み合わせることによって、「いちばん無色」であった峰岡の殺人が立証されていく。『時間の習俗』とは、そういう推理小説である。

現実の警察捜査のあり方が、こんなに、カン以前のカンに頼ることはあり得ないだろうとか、犯人のアリバイ作りが、これほどに精緻にアリバイ崩しの挑戦を想定してなされているはずがないとか、そのような発言はしないでおきたい。が、それにしても、終始、アリバイをめぐる三原と峰岡の応酬として語られる小説の、語られる価値とは、どういうものであろうか。三原警部補の飽くなき執念が、ついに綿密に構築した峰岡のアリバイ工作の全体を突き止める、それが推理小説の価値なのであると言われれば、筆者は、次の言葉を失う。筆者は、清張文学の全体を、それなりの純度を保持した文学であって欲しいという願望を持っている。その立場から、述べさせて欲しい。

相模湖畔での殺人事件が起きた時、土肥と一緒にホテルに入った〝女〟の行方が、皆目つかめなかった。後に、それは、ゲイの須貝新太郎の扮装した姿であったという説明が、なされる。これは、机上の論理に近いのではあるまいか。この〝女〟の正体は、この男女客を、新宿駅西口から相模湖まで乗せたタクシー運転手をはじめ、最後まで、三原が最後に気付くまで、相模湖畔で殺された土肥にさえ、ゲイであることが見破られることがなかった。事件の解明を困難にさせた原因の最大のものであり、そのことを構想のポイントともしているので、その非現実感を言うのは、気が引けるのであるが、やはりリアリティを感じにくい。このような男女客に格別関心を持って注視するホテルの女中たちの目にも、まったく疑念を感じられることなくといった設定は、ほとんど不能ではなかろうか。女性関係にことさら熱心であった土肥が、なぜ、わざわざゲイを伴って相模湖畔に来るのか、それらの説明も一切無い。アベックで湖岸に出さえすれば、予定の殺人が一〇〇パーセント完全に実行される、というか、その説明などは全く必要でない、そういった推理小説のあり方に、疑問を抱く。

相模湖畔での殺人の片棒をかついだゲイの須貝は、その翌日、今度は、はるか九州の水城で、これまた絞殺死体となって埋められた。冬の夜に、辺鄙な竹と雑木ばかりの山林に連れられて入る須貝が、峰岡に対して、なんの警戒心も持たなかったということはあり得ないだろう。前夜、同じような暗さの中で、土肥を絞殺した峰岡である。同じような状況で、「今度は、自分が」と疑念を抱かない方がおかしい。それらについても、小説はなにも語ることが無い。一方がゲイとは言え、年齢的にも若い須貝が、峰岡の意図を察知した段階で、むしろ逆に反撃する可能性もある。これらのことに、この小説は、なんらの説明も加えない。

西鉄の定期券窓口に立っていたという峰岡の行動に関して、それが、現像したカラーフィルムを受け取る時の身分証明のための定期券購入であったという、後の説明。申し込み書に記入さえすれば誰でも購入できる普通定期券が、身分証明になるかという問題もあるし、身分証明が無ければ受け取れないかという疑問もあるし、さらに、この写真をめぐってのトリックを隠すために、カメラマンの梶原武雄を秘密のうちに東京に呼んで、ひそかに、その殺人までも計画するという峰岡の行動。

この『時間の習俗』という小説は、相模湖畔での殺人事件の犯人が、いかに綿密に和布刈神事を利用したアリバイ工作を計画し、それが、いかに懸命な粘り強さで見破られていったかについて、精細に語っていくけれど、それ以外の小説の諸要素に関しては、あまりに不注意あるいは無関心である。犯人の峰岡も、相模湖畔の殺人事件についてのアリバイ工作は、微に入り細に穿つ配慮をするが、その他の行動や計画に関しては、ほとんど配慮することが無い。要するに、この小説は、相模湖畔の殺人とそのアリバイ、それがすべてだということである。

## 七　社会性と人間性

『点と線』と『時間の習俗』、両作品の間に、本質的な意味での差異は無いと、筆者は考えている。前者が、香椎海岸での殺人事件、後者が、相模湖畔での殺人事件で、犯人とされる人物のアリバイが追求され、解明されていくという小説という意味での、本質的な差は無い。清張は、小説『点と線』について、「この小説では、いわゆる謎解きの方にウエイトを置いて、動機の部分は狭くした。それが〝本格〟の常道かどうかは知らないが、私の今までの主張を自ら裏切ったようで少々後味が悪い」(「あとがき」、光文社版、昭33)と述べている。まことに、その通りの所感と思う。

さらに、警視庁警部補三原紀一が、最も犯人に遠いと思われる人物を犯人と直感し、確信して追求していくという、捜査の常道とは思えない不自然さ。また、前者では安田辰郎が、後者では峰岡周一が、警視庁の三原警部補の訪問を受けた時、即座に、乗車の場所・時間などを時刻表通りに、分単位で正確に答えたりする用意周到さの不自然。あるいは前節で述べたような、綿密なアリバイ工作とその解明の部分以外での、不釣り合いな疎漏。或いはまた、中心の三原警部補か鳥飼刑事くらいにしか及ばない、登場人物描写の少なさ。殺人現場での不慮の支障をまったく想定せず、その現場に着くことですべてが完全に成就するという発想の非現実性。両書に共通して、指摘される問題ははなはだ多い。清張自身、「『点と線』『眼の壁』は、長編推理ものの〝習作〟で、自分としては、次を見てくれといいたいところなんだ」(インタビュー「愛欲のスリラー　ある松本清張論」、「週刊東京」、昭34・5・23)と語ったそうである。清張自身がそれだけ認識しているのだから、筆者も、これ以上述べることは遠慮しよう。

『点と線』と『時間の習俗』の間には、差があると感じる部分はある。それは、社会性という問題であろう。『点と線』の場合、香椎海岸で殺害される佐山憲一課長補佐の内面はろくになにも描かれるものが無いにもかかわらず、中心に繋がる位置にたまたま所在したために、不運な人生の終末を余儀なくされる不遇と不条理が、作者が語らないでも、伝わってくる部分がある。しかも、それを情死という形で、波及を避けようとする権力組織の、いかにもあり得る狡猾さ。清張文学が伝えてきた不条理の感情が、『点と線』には、籠められている。さらに、ただ情死という形を整えるだけのために、愛する安田から不条理な死を押しつけられる「お時」の哀れさ。作者は、それらについては特に語らない。語らないけれども、日常を懸命に生きている小市民階層といった、清張文学の平均的読者には、身につまされてあわれと感じる実感であろう。それに対して、『時間の習俗』は、冒頭の和布刈神事から相模湖畔、さらに終わりの潮来のあやめ祭りと、深い情趣を散りばめた描写にもかかわらず、その殺人事件の切実さに、共感されるところがほとんど無い。権力にむらがる醜悪な部分の争いが、たまたま事件として表面化したことが語られるだけで、読者の身近で切実な感覚とは無縁。ひたすら、アリバイ工作の解明が、数学の問題でも解くように、進められるに過ぎない。山前譲氏は「これほど動機をないがしろにした長編は松本作品のなかでも珍しいだろう」（「九州を舞台にした本格推理『点と線』と『時間の習俗』」、「松本清張研究」vol.5、平10）と発言している。

「清張以前」の推理小説は―古くは探偵小説といったが、それらは、誰が犯人なのかを追求するのを第一義とする小説であった。しかし松本氏は、それよりも、なぜ犯罪がおこなわれねばならなかったのか、その動機に重点を置いた。（小松伸六、松本清張全集3「解説」、文藝春秋、昭46）という解説がある。「なぜ犯罪がおこなわれねばならなかったのか」という部分での、清張文学の読者の共感の有無、それが、『点と線』と『時間の習俗』との差異であろう。これは、重要なことである。文学が不朽の生命を持つかどうかは、それが共感を持って読まれ続けるかどうかにある。推理小説は「知的遊戯」の娯楽作品と認定されていたらしいが（平野謙、松本清張全集1「解説」、文藝春秋昭46。田村栄『松本清張　その人生と文学』、啓隆閣新社、昭51）、推理小説と否とを問わず、筆者は、松本作品を文学作品として接したいと願っている。その感情で接するので、『点と線』でも、述べて来たような、瑕瑾と感じる部分が少なくなかったと筆者は感じたのであるが、それを超えて共感を催す社会性が、この作品にはあった。

章を閉じる前に、今少し述べたい。小説『点と線』には、種々不自然な欠点を感じるにもかかわらず、心惹かれるものがある。その第一は、くたびれた洋服を着て、使いふるしたネクタイをしめている、博多署の古参刑事鳥飼重太郎、三等席で腰を痛くしながら、二日間かけて札幌まで辿り着く警視庁捜査二課の警部補三原紀一、つい肩をたたいて声をかけたくなるような庶民性と、職務への懸命な姿、同じサラリーマンとしての共感を誘う要素が、多分にある。犯人の安田辰郎やその数字狂の妻でさえ、どこか好意を感じてしまうような人間性がある（平野・前掲、半藤一利『清張さんと司馬さん』、NHK出版、平14）。推理小説が、日常生活に身近な共感として誕生したのは、筆者があらためて述べるまでもない、清張推理小説の功績である。それ以上に、清張小説の今一つの魅力を指摘しておきたい。それは、場面性である。『点と線』で言えば、夕方の雑踏の東京駅と女連れ・香椎海岸の朝・雨の札幌など、『時間の習俗』で言えば、冒頭の関門海峡と和布刈神事・夜の相模湖・水城の雑木林、いくつもの場面が鮮明に浮かぶ。それはおおむねトリックに関係するけれど、設定の多少の不自然さは、その場面描写に苦もなく吸収される。実は、後に清張小説が映画・テレビなどの影像に多用される秘密は、この場面性という特徴にあるのだけれど、この両作品にもそれが鮮明な形で表れている。

『点と線』の殺人計画が、結局は、鎌倉の江ノ島海岸で病床にある温雅な安田夫人の手になるものであったという設定も、清張作品の性格を、象徴的に見せている。妻でありながら、妻でいられない。妻の役目を譲った女に対する、妻の復讐。清張は、女の心にひそむ冷酷と愛欲を、しばしば描写の対象にしている。

静かな場所である。まだ藁屋根があった。

山が片側にせまり、屋根の上には蒼い海が見えていた。

筆者の頭に思わず浮かんだ風景であるが、清張が『断碑』に描いた、六爾の妻ミツギが病床に伏した鎌倉、極楽寺の家。清張小説の風景には、清張の脳裏にうかぶ場面が重なりあって描かれている。はなはだ無責任な想像を述べて申し訳なかったが、まったくの妄想でもなかろうと、筆者は感じている。

# 第4章　女の小説『ゼロの焦点』

小説『ゼロの焦点』は、雑誌「宝石」の昭和三十三年三月から三十五年一月にかけて連載され、『点と線』とともに、松本清張を一躍流行作家に押し上げた作品である。『点と線』の時にも述べたのだけれど、筆者には、この両作品が清張らしい特徴を持つとは感じるが、〝清張文学〟を代表すると思いにくい感情がある。おおむねの世評と一致しないのは、筆者の感覚に偏頗《へんぱ》なものがあるからであろうとも思う。その点、あらかじめ寛恕《かんじょ》をお願いしたい。

## 一　新妻の冒頭

小説『ゼロの焦点』冒頭の導入は、清張作品の特徴の一つであるが、飾らない文体のなかで、見事に読者の感情を掌握していくものがある。二十六歳のＯＬ板根禎子は、年齢相当には恋愛経験もしながら、なぜか成就することなく、広告社の社員鵜原憲一と見合い結婚をする。鵜原は三十六歳で、広告社の、北陸地方の出張所主任であった。営業マンであるが、出張所主任なので、月に二十日ほどは事務所のある金沢に、十日ほどは東京にという勤務であった。近々東京本店の方に転任という予定になっており、結婚生活に支障はないと、禎子は説明された。歌舞伎座での見合いから、十一月半ばの結婚式まで、特に感激的なことはないが、淡々と二人の男女の結び付きの過程が、記述されている。

読者は、この作品から何を伝えられようとしているのか分からないままに、年齢相応の落ち着きと魅力を感じさせる禎子の心情を追っていく。追っていきながら、なにかを感じさせられていると気付くところはある。たとえば、

鵜原の複雑さをなんとなく直感した。（見合いの席で）
別の意味で思い出される言葉になった。（結婚式の来賓祝辞を聞いていて）
憂鬱な北の国の翳りのようなものを思いだした。（新婚旅行に鵜原は北陸を避けて）
夫が何かほかのことを考えているような茫乎《ぼうこ》とした表情（北陸勤務を話していて）
禎子は、また過去の誰かと比較されたと思った。（新婚旅行の夜）
夫は、口では笑っていたが、眉はかすかに寄せた。（金沢への見送りに上野駅で）

などである。読者は、後になって、その微妙な表現の意味に気付かせられる。そして最後、
それが、夫の鵜原憲一を、禎子が見た、最後の姿であった。
の記述によって、不可解な感情を持ちながら、決定的に作品の世界に惹き入れられていく。清張作品の特徴と言いながら、相変わらずの見事な導入である。

初々しい新婚気分を味わったと思った途端に、夫憲一は、新妻禎子の前から姿を消した。帰京予定から四日も過ぎて、消息不明状態の憲一に異常を感じた会社は、調査のために社員を派遣し、禎子も同行する。その間にも、

それ以外の意味を、禎子はなんとなく感じた。(荷物の整理を「帰るまで待て」の意味)

少しも根拠のない連想であった。(憲一の失踪と洋書に挟まった二枚の写真)

他からそれが加えられたような直感があった。(新婚の妻を残しての憲一の失踪)

といった、読者の興味をそそる記述が、折々挿入されている。

金沢に赴いた後の禎子の健気さは、読者の胸を打つ。結婚式からまだ一ケ月も経ないでの夫の失踪、匂うような新妻の魅力のままに、夫の未知の部分に懸命に迫ろうとする。小説『ゼロの焦点』の魅力の過半は、若妻板根禎子の魅力と言って良い。

するとと禎子は、夫の失踪が、自分という新しい妻を得てから始まったのではないか、とふと思った。

初々しい新妻を得たことが、なぜ〝失踪〟につながるのか。これは、禎子の疑問であると同時に、読者の疑問である。読者は、禎子とともに師走の金沢の街を彷徨しているような感情を覚える。そして、禎子の直感。

そこには彼の別の女がいたからだ。禎子にかくしておきたい生活があったのだ。(中略)夫には

女がいた。どこかで夫はその女と生活を持っていた。かくした女がいた憲一の、禎子との結婚も不審なら、新婚旅行が終わったばかりでの失踪、これはさらに不審である。ここから、この小説は第二幕に入るが、ほとんど何を語られているか分からないままに読者は引き込まれる。新妻禎子と北陸風土の師走の叙述は、清張作品の情趣の特徴を、遺憾なく表現している。

## 二　小説展開の記述

A広告社での憲一の後継主任本田良雄、彼が見つけてきた、生前憲一が懇意にしていたという、耐火煉瓦製造会社の社長室田儀作の登場から、この小説の第三幕が始まる。しかし筆者は、この第三幕以後に、この小説の瑕瑾が多く存しているように感じるところがある。憲一の行方を懸命に追っていた本田が、室田社長に「なにか聞いてみたら」と禎子に進める。本田と禎子に会った室田が、

「鵜原君は今度の結婚のお相手がたいそう気に入ったようで、家内などは見合写真を見せていただいたそうですがね。（中略）それから数回お見えになったが、鵜原君はしだいに、なんというか、元気がなくなりましてね。」

と言ったのも、禎子に事件の核心を予知させた意味で問題発言であったが、室田が、夫人佐知子の犯

罪を知らなかったという前提で考えれば、納得は出来る。しかしその前提で考えると、夫人佐知子の懇願によるものではあるが、室田自身がまったく知らない「曾根益三郎」を、長年勤続の従業員として退職金も支払い、未亡人の久子を、経営する耐火煉瓦会社の受付に採用するといった厚遇の意味が、いかにも不可解である。佐知子夫人の側から言えば、理由も説明しないままの夫への強い要請が、彼女がなにより畏怖する秘密の過去を探る気持を起こさせたという意味で、いかにも拙劣な行動であった。

実際に室田は、歳末で組合との折衝もある最中、緊急性のない東京出張をして、基地・立川の街を徘徊し、夫人が立川基地の米兵相手のパンパンであったことを確認したりした。そのような作業が、どれほどに必要なことだろうか。「敗戦後の日本の現象として、私はそう深く咎めません」と言っている。それなら、確証を得るために探偵みたいな真似をして、得た事実から夫人を「問いつめたり」する必要はない。室田社長の人物描写は、清張作品のこれも一つの特徴として、悠然と存在感のある描写のように見えるけれど、筆者は、釈然としない皮相的な印象に感じてしまう。

室田社長夫人佐知子においては、さらに疑問の要素が強い。最初の対面の場面、室田夫人は、次のように禎子に言葉をかけた。

「鵜原さんが失踪なさるなんて夢みたいですわ。室田から聞いた時、とても信じられませんでした。奥様も、本当にご心配でしょう。」

自身が手をくだした殺人者が、これほどに自己を韜晦《とうかい》できるということが、それなりの人格的な欠陥を前提としてでなければ、考えられない。北陸社交界の中心の存在であることが、「許されていい秘密」にあくまで〝秘密〟の蓋をしておくために、殺人を犯させるほどの価値を与えるものだろうか。そのことにも疑問を持つのであるが、それは、作品成立の前提的な設定なので、とりあえず承認して記述を進めよう。

承認して進めたいが、実は、この作品の殺人そのものにも、疑問を感じるものがある。室田夫人は、自分の過去の秘密を知る人間である、元立川署風紀係巡査鵜原憲一を、投身自殺に見せかけて殺害した。夫人は、憲一の口から自分の過去が明るみに出ることを怖れたということらしいが、そのような心配はあり得ない。憲一はいま二重結婚という罪を犯そうとしている。その犯罪から逃れる方法として、夫人は、偽装自殺という方法を憲一のために案出してくれた。もしこの手段が成功したとして、真実が暴露されたらと苦慮するのは、憲一の方である。思わぬ成り行きで苦悩し、夫人の提案で助けられた憲一にあるのは、感謝の感情だけである。脅迫者になれるのは、憲一ではなく室田夫人の方であろう。夫人が憲一の殺害を意図するという事情が、筆者には推測できない。

小説の主旨に従って、室田夫人が、憲一の口から彼女の過去が暴露されることを怖れてと、一応理解して進めよう。憲一の二重結婚を避ける案を出したということは、室田夫人は、その〝結婚〟の経緯について、憲一から聞かされていたのであろう。立川署風紀係であった時に知った二人のパンパン、佐知子と久子。パンパン同士の顔見知りであったなら、佐知子が本当に恐怖して、殺人の対象にしなければならなかったのは、むしろ久子の方である。夫婦の会話の中に、憲一との結びつきの経緯となった事情に似た、そしていま同じ金沢にいるもう一人の女性（テレビにもよく出る室田夫人）の名が登場するかも…と推測するのは、推測しない方が不自然である。憲一が偽装自殺して存在が抹消されたことで、事が解決したとするのは、勝手な「小説の設定」で、憲一の〝自殺〟で生計の途にも困った久子は、いっそうに危険な存在になるだろう。久子が室田耐火煉瓦会社の事務員に雇われたというのも、久子の脅迫が背景にあったのかも知れないし、受付の窓口でのブロークンな英語で、佐知子の過去が知られる原因にもなったのは、かなりお粗末な成り行きの結果である。

憲一の兄宗太郎が室田夫人のところまで、どのように辿り着いたかも不思議だけれど、その殺害も、あまりに計画疎漏である。宗太郎は、金沢から私鉄で五十分ほどの鶴来という町の、加能屋という旅館で、青酸カリを飲まされて死んだ。佐知子が、憲一に会わせるからと待たせている間に、宗太郎が持参のウイスキーを飲み、混入されていた青酸カリのために絶命したのである。佐知子がウイスキー瓶を宗太郎に渡したからといって、それを彼がすぐに飲むという保証はまったく無い。帰りの列車のために取っておいて、あるいは憲一が来たら一緒に飲もうと、もし宗太郎が発想したら、佐知子の計画は寸時に崩れる。ウイスキー瓶を渡しておきさえすれば、殺人が過不足なくなされるという短絡。

さらに、本多に東京に逃げた久子を追わせ、久子のアパートに辿り着いた本多が、久子の差し出したウイスキーを飲んで、再び殺人行為がなされるとは、あまりに都合の良い発想である。本多は、宗太郎が室田夫人に青酸カリ入りのウイスキーを飲まされて死んだことを、よく知っている。東京出張から帰って来たら、禎子に真相を報告出来るという言葉を残して、事実の最後の確認のために久子を訪ねて、そこで宗太郎と同じく青酸カリ入りのウイスキーを飲んで死ぬとは。言いたくないけれど、お粗末過ぎると評さざるを得ないのではあるまいか。

久子が、室田夫人の殺人行為にどの時点から気付いていたか不明であるが、少なくとも、杉野友子という偽名まで付けられて東京に逃亡を指示された時点で、殺人事件の大枠には気付いていたはずである。しかも、東京に追って来た本多を、自分のアパートの部屋で殺害するという当事者になる。その久子が、投身したとされる鶴来町郊外の手取川断崖まで、そうやすやすと誘い出されるはずが無い。小説は、刑事に「久子は、警察からの追求を恐れていたと思われますね」と言わせているけれど、これは強引である。久子が恐れていたのは、むしろ室田夫人である。

その久子の人物像も、不審な部分がある。耐火煉瓦会社の受付として、久子が、初めて禎子に会った時、

なぜ、その受付の女が禎子の顔を凝視するように見ていたのか、禎子には分からなかった。

と記述していた。会社から辞す時も、

むこうでも、夫人より禎子のほうを、じっと見送った。その視線を禎子は背中に感じた。

と記述されていた。ということは、久子は、夫の「曾根益三郎」が、鵜原憲一という名前で結婚しようとしていたことを知っていたのであろうか。禎子が、鵜原の新妻であることを、知っていたのであろうか。小説としての構想と展開に、大きく影響する要素と思うけれど、作品はこれ以上説明しないので、私も、これ以上は述べない。しかし、こんな思わせぶりな記述をするのなら、事情は明確に説明されるべき問題であろうとは思う。

憲一の兄宗太郎にかかわる記述も、疑問が多い。宗太郎は、弟が同棲しているらしい女性の影は、感じていた。だから、憲一が行方不明となっても、その女性のもとにでも…と思って、最初は慌てなかった。それは分かる。その後、京都にという口実で出張し、ひそかに金沢に入る。繰り返し強調される京都の意味が、まず分からない。実の弟が消息不明となっている金沢へと言う方が、もっともな理由になると思うけれど、何故なのか。夕方の金沢駅の雑踏の中で、禎子に目撃されるけれど、彼が京都にと偽装しながら秘密に訪ねた高浜（多分そう推測される）まで、いったい何をするために行って、何を見て来たのか。作品は思わせぶりな描写を示しただけで、ちゃんとした説明をしない。このような態度は、肯定的に評価されるものであろうか。

宗太郎が金沢市内のクリーニング店を訊き歩く記述がある。後に、それが、「鵜原」というネーム入りの上着を探していた行為だと、判明する。東京に十日、金沢に二十日と滞在する同一人物が、支障のないように上着をクリーニング店に預けていた行為だということが分かる。それなら、最初からネームを入れておかなければ良いだけのことである。上着だけを、毎月クリーニングするという行為自体が、よく分からない。スーツのクリーニングなどは、せいぜい夏冬の衣替えの季節にというのは、筆者の感覚である。そこで「鵜原」のネームが入った上着を見つけたとして、それが、どんな意味を持つのであろうか。作品は、なにか意味ありげな記述を展開していくけれど、その意味を明瞭には説明しない。そして、宗太郎の最後。前述もしたけれど、旅館に入る時に、佐知子からウイスキーを渡されるというのも、普通の行為とも見えないが、それをなんの支障もなくただちに飲んでというのも、あまりに都合が良すぎる。

禎子と結婚した、鵜原憲一の人間性は、さらなる問題である。彼が、立川署の風紀係の巡査として勤めていた経歴は、まず良しとしよう。

「当時は、ＭＰが絶対権力でしてね。われわれはＭＰに使われている岡っ引きか手先のような感じでしたよ。そんなあり方にも鵜原君は、警察官という自分の職務に懐疑をもち、なやんでいました。それで、しだいに警察官として身を立てるのが、いやになったのじゃないかと思います。」

と言われる憲一が、Ａ広告社北陸出張所の主任になるところまでは、問わない。その鵜原が、立川署時代に会ったことのある久子と、金沢の地で出会う。その二人が、どのような成り行きで同棲に至ったかは、推測の仕様も無いが、その時に、「曾根益三郎」という偽名が、なぜ必要であったのか。「曾根益三郎」という名前で、しかも「ある会社の外交員」というだけで、Ａ広告社という勤め先まで韜悔する鵜原の態度は、たまたま立川時代の縁故で生じた久子との肉体関係のみを、最初から意図的に享楽した、そのような卑劣な女誑《たら》しの人物像としか見えない。田村栄氏は「有りがちなこと…愛情の形でもあった」（『松本清張　その人生と文学』、啓隆閣新社、昭51）と述べられているけれど、本当だろうか。

ＭＰに憤激して警察官を辞した鵜原、「パンパンの中にも、頭脳のいい女・心のいい女もいる。こんな女たちを、職務の上とはいいながら、いじめるのが辛くなった」と言って警察官を辞した鵜原、彼の性格に結び付かないところがある。小説に描かれる憲一は、元警官にふさわしく謹直で、誠実と言ってもよい人物像になっている。それは、新妻禎子のしっとりとした情感に叶うものである必要のためである。小説は、卑劣な背徳漢の捜索であってはならない。禎子にふさわしい誠実な人間が、不本意ながら思わぬ事情で姿を消した、そういう状況設定でなければ、小説そのものの品位も落ちる。最初から、結婚する気持もない女性と、成り行き同棲していた不始末な男というイメージとの落差に戸惑うのは、筆者だけであろうか。

## 三　写真と遺書

一躍、清張を社会派推理作家という名目で、流行作家に位置付けた作品に、こまかい瑕瑾を述べたてるのは、我ながら不本意で当惑するのであるが、述べさせていただきたい。たとえば、この作品の冒頭近くに、洋書に挟まっていた二枚の写真、これが、小説の展開を示唆するもののように装われているけれど、はたして、どういう役割を果したのであろうか。二枚の写真は、一枚は、室田邸の写真、一枚は能登海岸・高浜の久子の家の写真と、後に判明する。

教えられたとおりに街道を少し行き、東の方に曲がると、一群の部落があり、田沼の家はその部落をはずれた所に一軒だけ立っていた。

「あっ」禎子はその家の前に立った時、思わず声をあげた。自分の目を疑った。これは確かに、前に見たことのある家なのである。

二枚の写真は、冒頭から思わせぶりに何度も語られていた。その意味からいけば、二枚の写真から新たな思わぬ展開が導かれるような、そのようなものである筈であろう。久子の前では、勤め先も名前も隠し通し、上京の度に上着を変えるほどに神経を使っている憲一が、なぜこの二枚の写真だけを洋書の中に挟んで隠し持っていたのか、理由が分からない。自分の履歴の中に最初から入れていない、能登の貧しい家の写真を特別に隠し持っていた理由は、どういうものなのだろうか。憲一が過去に関わった関係の深い場所、それを禎子が目撃して真相を理解する便利のために、単に記述されていたという小説設定の目的としか見得ない。

高浜町字末吉の久子の家に同居していた「曾根益三郎」について、内縁関係だから、久子の戸籍に籍が無いには当然として、自殺した後の死体検索書がどのように可能なのであろうか。「曾根益三郎」という名は、曾根の自称で無論虚名である。ある会社の自称外交員であったが、ある会社も無論非実在である。それほどに久子との現実の関係を拒否していた男が、

いろいろと考えることがあって、生きて行くのが辛くなった。くわしい事情はなにもおまえに知らせたくない。ただ僕はこの煩悶を抱いて永遠に消えることにする。

といった遺書を残すだろうか。疑問に思われることが多いが、その前に、鵜原憲一が死んでまで「曾根益三郎」であり続けたことが不思議である。「曾根益三郎」が立川警察署に勤務した巡査であることさえ久子が言えば、容易に鵜原憲一であることが判明する。いや、久子にはすでに判明していたのであろうか、それとなく禎子を注視するという先述の視線を見ればその可能性も考えられるし、この小説はそう表現しているようにも見えるが、そこから展開するものはなにも記述されていない。あちこちに匂わせはするけれど、予定した展開に不要なものについては、責任を持つことをしないのである。

最も肝心なことであるが、鵜原憲一の自殺の場面。その場面描写は小説には無いけれど、自殺を装うために能登金剛の絶壁に立った憲一を、背後から佐知子が突き落とすという場面は、自明のものとされている。しかし、考えてみるに、日本海のうら寂しい海岸に、佐知子のような女性が、自殺場所まで憲一に同道する必要があっただろうか。自殺の設定は佐知子の提案であるとしても、彼女が自殺

現場まで行くことは無い。憲一独りが行って、「靴をキチンと揃えられ、それから手帳が置いてあり、それにいま言った遺書が挟まれて靴の上に乗っていた」という状態を作ってから、ひそかに身を隠して十分である。佐知子が憲一と一緒に深夜の断崖に立つ必要はまったく無い。それでは、憲一を実際に自殺させることは出来ない。それは、困る。要するにこれも、小説の設定に必要であったというだけのことで、必要な設定には無理な場面描写をする。なにかそういった性格が、この小説には目立ち過ぎるように、筆者は感じてしまうのだが、どうであろうか。

## 四　社会性

小説『ゼロの焦点』が普く世評を受けた要素の一は、新妻禎子の夫の失踪に向かうけなげな姿勢であり、その二は、能登海岸の荒涼と暗鬱の舞台であり、その三は、基地・立川周辺の戦後の世相という社会性の背景、というものであったように思う。第三の要素は、清張作品の特徴をなす、社会性のなかに作品の現実性を獲得していく手法として知られるものであるが、この作品の場合、どれほどに有効なものとなっているであろうか。

この辺の背景を、作品は、禎子が嫂の家で偶然にテレビ番組を視聴する形で、語らせている。

「かなり教養もあり、相当な学校も出たお嬢さんが、アメリカ兵のオンリーになったという話は、僕、ずいぶん聞きましたよ。あれから十三年も経った現在、当時、二十歳ぐらいの彼女たちも、もう三十二、三です。今、どうしているんでしょうね？」

「私は」と評論家は言った。

「あんがい、立派な家庭におさまっている方が多いんじゃないかと思いますわ。それは、その転落の状態で、ずるずると暗い生活におちこんだ人もあるでしょうが、その半面、自分を取りもどして、今は立派にやっている人も多いと思うんです」（中略）

「しかし、どうでしょう？　そういう時に、結婚した相手に、自分の前身を打ちあけるでしょうか？」　司会者がきいた。

「それは微妙な問題ですね」

太った小説家は、細い目をちかちかさせて言った。

「平和な結婚生活のためには、それは、言わないほうがいいんじゃないでしょうか。そういう職業にはいってすぐ結婚した人は別として、一度足を洗って、まともな職業につき、そこで知りあった男性と結ばれた場合は、たいてい秘密にしていると思いますね。でも、この秘密は許されていいと思います。」

佐知子の場合が、まさにそれであった。確かに「言わないほうがいい」過去だろうし、「許されていい秘密」であろう。

小説は、続いて記述している。

「まぁ、当時の日本は、敗戦直後で、全体が悪夢のような時代ですから、その人たちにとっては気の毒なことです。でも、自分の努力で、あとの生活がつくられていたら、その幸福を、そっと守ってあげたい気がします。」

これは、この時期を生きてきた人間には、実感の籠った発言である。室田夫人の佐知子は、まさに、「自分の努力で、あとの生活」を築きあげた。北陸地方の名士夫人を超えて、彼女自身が中心的な文化人としてすでに認められている。「許されていい秘密」が、いま秘密で無くなった時、彼女の立場が公的な場から消滅するかも知れないことは、おおよその推測は付く。だから、彼女のその畏怖が、四件の殺人事件を引き起こした。小説『ゼロの焦点』にかかわる議論のまさに〝焦点〟は、佐知子のその殺人動機に、共感を覚えるものがあるかどうかというところにある。

共感を覚えるとしたら、表面的な社交世界に君臨する立場を快く感じて、それに、殺人を犯してまでも執着する人間像を、佐知子に結ぶことになる。しかし小説は、佐知子の最初の登場から、夫である室田との愛情に自足して、穏やかな時間を夫との間に刻む幸福な人妻の描写から逸脱することは無かった。特に、この小説の最後の場面、絶壁に立つ室田に向かって、「舟のなかから手を振った」姿には、そういう夫にも別れて行く佐知子の惜別の思いこそ感じられても、華やかな社交世界の立場を失う無念の感情などは、微塵も感じられない。ということは、この作品が意図した骨格と、その肉付けとなるべき人物描写の間に疎隔するものがあるということだろうと思う。

ただ、これを清張文学の欠点として、指摘しにくい感情がある。もし、作品の意図に添って、佐知子がそのような虚飾の女性として完璧に描かれていたとしたら、作品としての質には高い評価を与えるとしても、読者の共感が、より深くなるとは感じにくいところがある。清張は、室田と夫人の微笑ましい愛情描写に、丁寧な神経を払っている。これは、裏面の黒い願望を隠しながらの、表面は穏健で平和な人間性といった意図による記述ではない。情愛に包まれた微笑ましい夫婦、これも清張小説の描くものである。清張小説の作品構成と人物描写の不一致、これは清張小説の一つの特徴である。だから、裏面の殺人行為にかかわる記述では、神経が行き届かず、ただ必要な結果だけは記述しなければならないといった矛盾が生じる。けれども読者には、そのような瑕瑾などはどうでもよい。匂うような新妻禎子を残しての新婚間もない夫の失踪、北陸・能登海岸の孤独な風景、地方名士夫人の戦後混乱期の秘密の過去、それらに、自分の過去の時間も重ね合わせながら、読者は、作品の世界に没入する。この小説に、四つの殺人事件が起きるが、もしかしたら、この小説に、殺人事件は必ずしも必要でなかったかも知れない。清張作品には、そういうところがある。殺人事件よりも、人間を描こうとしているところがある。だから、人物描写に矛盾があるからと言う批判は、清張作品の好ましい価値を、否定することにつながる。

小説『ゼロの焦点』の、最も印象的な場面、それは、能登金剛の断崖に佇立《ちょりつ》する室田と肩を並べる禎子、沖合にいよいよ小さくなっていく荒海の沖の黒い一点、終末のこの描写であろう。

「奥さん、私も、手を振りました。そして、あなたが来られた時は、私に見えるのは、あの舟の小さな黒い点だけです。家内があれに乗っていることは分かっていますが、その姿は、もう見えません。沖へ沖へと、ああして漕いでゆくのです。この荒海では、舟は、まもなく転覆するでしょう。いや、転覆しないうちに、舟は乗り手を失うでしょう。あの黒点も、もうすぐ見えなくなります。私は…」

この場面についても、文句を付けることも難かしくは無い。夏の海水浴では無い。女性が一人で漕ぐような小舟がどこにあるか、いや、あったとしても、自殺が見え見えの女性に舟を貸す漁師はいないだろう。浜辺にあった小舟を無断で漕ぎ出したのか、繋留《けいりゅう》を解いて、どのように浮かべられたのか。そのような些細な問題よりなにより、なぜ、能登海岸の荒海の中に消えていくような最後を選ぶのか、さらにそれ以前に、自らの死をそのように選ぶことが出来る人間に、「秘密が許されてよい過去」の暴露がどれほどの問題であるのか。

これらのことに、回答の努力をする必要は無い。作家清張には、おそらく、新婚旅行から帰ったばかりの新妻禎子が夫の失踪という事態に直面する場面、立川基地のオンリーであった室田夫人佐知子が能登海岸から小舟で荒海に消えていく場面、その二つが、小説の最初と最後の設定としてあった。あとは、その間を、どのように繋いでいくかという問題だけである。初めは、控えめで冷静な禎子が理由も無く夫を失う場面、終わりは、賢明な社交夫人佐知子が自ら夫を離れていく場面。その間を繋ぐ、戦後の日本人女性の隠れた傷跡。小説『ゼロの焦点』は、まぎれもなく女の愛情の小説である。よく見ればさまざまな瑕瑾が目につく作品であるにもかかわらず、世の共感を得た背景は、そのような普遍の課題を描くものであったところにあったと思う。平野謙氏に「本格的な推理小説としては、『ゼロの焦点』は隙間のある不完全な作品…推理小説としては多少の隙間があるとしても、一個の文学作品としては松本清張の秀作のひとつだ」(『ゼロの焦点』「解説」新潮文庫版)という発言がある。これに対して、郷原宏氏に「この論理は明らかに破綻している。これではまるで推理小説と文学作品は別の範疇に属する概念のように見える」(「二つの海」、「松本清張研究」vol.3、平9)という激しい批判がある。平野氏には、単に娯楽的作物としての推理小説は、文学ではないという感覚がある。『ゼロの焦点』は、そういう単なる推理小説から抜けて、文学としての共感を得られる作品になっている。平野氏の発言の趣旨を、そのように解釈して、それほど不都合ではないのではなかろうか。

## 五　読者の感覚

小説『ゼロの焦点』は、清張小説のなかでも、筆者が好感を持つ作品の一つである。それなのに、記述の途中で、思わぬ苦情を並べ立ててしまった。その点を不本意に思うのであるが、ひるがえって思うに、そのような感情にさせられた原因は、一言で言えば、既定の小説展開の記述態度というものでもあったかと、思慮する。

小説は、冒頭から、禎子の夫となった憲一の「何かたいそうむずかしい思索にふけっているような茫乎とした表情」をしきりに表現していた。北陸の風土に重ね合わせるように、暗鬱な秘密の雰囲気を感じさせていた。読者を、作者の設定の方向にそれとなく導く作為は、推理小説としては、認められるものかと思う。けれども、例えば、禎子が夫所蔵の洋書の間から得た、二枚の写真。これが、憲一の失踪を室田夫人と久子の存在に結びつける手がかりになるけれど、小説は「憲一は、なんのためにこの建物を撮ったのであろう？　なにかもっと因縁のあるもの、根深いものといったものを感じる」と記述はしながら、最後まで説明はしない。宗太郎が、わざと京都出張からと偽って金沢入りし、夕暮の駅の雑踏の中で禎子に見られたり、市内のクリーニング屋を回ったりする行動を、秘密めいた筆致で描写しながら、それがどういう意味を持ったかを、きちんと読者に説明することがない。元巡査憲一の誠実な性格、特に婦人関係などの噂はまったくない憲一の、

久子と結婚する意思は、はじめからなかったのだ。だから、彼は、久子には自分の氏名も職業もいつわって、ある会社の外交員と称し、名前も、〝曾根益三郎〟になっていたのである。

といった行為が出来る人間性についても、説明するところがない。宗太郎・本多が「待ち時間」や「接待」で、お茶でも飲むように「青酸入りウイスキー」を飲んで殺される事情についても、結果が

記述されるだけで、もっともと思われるような経緯の説明がない。

最大の説明不足は、佐知子の殺人の動機である。これについて、作品は、禎子に、

○田沼久子によって殺された本多も宗太郎も、その知り得た秘密というのは、田沼久子の暗い前身に関係があったのではないか？　もちろん、田沼久子が、単に戦後の混乱期の特殊な女であったというだけでは解決にならない。それだけの秘密が知られたからといって、まさか殺人までするわけはない。

○むろん、女性としては不面目である。けれども、本多を殺すほどの動機にはなりそうにない。

などと述べさせながら、結局は、

佐知子夫人の気持を察すると、禎子は、かぎりない同情が起こるのである。婦人が、自分の名誉を防衛して殺人を犯したとしても、誰が彼女のその動機を憎みきることができるであろう。

と、疑問から容認へ、急展開な変化を見せる。地方の名流婦人となっている佐知子なら、そういう動機は、理解出来るというのであろうか。筆者には、強弁としか思えない。

清張には、小説の冒頭と終末の場面と、作品全体を支える戦後混乱期の女性という背景要素は、出来ていた。写真・クリーニング屋・パンパン風の女・本多の感情・久子のブロークン英語といった記述要素を小出しにしながら、大幹《おおみき》から外れないように小説を展開させていった。この小説は、感じの良い可愛いガイドさんの口調に満足しながら、バスで市内の名所旧跡を回っているような感じがする。

設定された遺跡とコース、ガイドさんの語り口、それで十二分に満足して終点で下車出来るというのが、多分、推理小説的な享受だろうと感じるし、その限りで高い評価が出来る作品であろうと思う。けれど、残念ながら筆者は、室田夫人の殺人動機という最大の課題も含めて、作者が設定した意味付けを抵抗なく受け入れながら、小説『ゼロの焦点』を読むということが、出来なかった。筆者が、推理小説の読者ではないからだろうと思う。冒頭に寛恕をお願いした所以である。

未練がましく、一文を紹介したい。小説の冒頭と終末だけでなく、

　鵜原は思ったより上手であった。禎子は次々と曲の変わるごとに彼と踊りながら、自分が無意識のうちにある時間をのばしていることに気づいた。禎子は、はじめて涙がにじんだ。

といった記述に惹かれる。華麗などという印象には、ほど遠い。清張小説の文章は、表現されるそれでない。文章は技巧に遠く、極力存在感のない無色透明のそれであることを目指している。〝文学〟をもし「文章の学問あるいは芸術」と解釈するなら、清張小説の在り方は、無価値と言うに近い。ところがその部分に、筆者には、人生と人間の情感が、どのような近代小説よりも重く感じられることがある。コンサートホールでオーケストラの演奏を聞く感動ではない。居酒屋の喧噪の中で、安酒をチビリチビリと喉に流しながら聞く演歌か、あるいは、近所のレストランで家族で外食している場面に流れているＢＧＭといった雰囲気である。最後に、筆者自身が基本的に感じている清張小説の魅力を述べて、指摘せざるを得なかった価値の部分を、推測していただけたら有り難い。

# 第5章　踏みしだかれし薔薇『黒い福音』

清張の、史実を背景にする小説は、昭和二十八年の『贋札つくり』を最初期のものとするが、昭和三十三年の『黒地の絵』を転機とし、翌三十四年の『小説帝銀事件』『黒い福音』で本格的な史実小説への助走が始まったように思われる。三十四年三月十日朝、武蔵野の面影の残る、東京西郊の住宅地で起きたスチュワーデス殺人事件に取材する小説『黒い福音』の内容分析とともに、清張文学の性格についての考察を進めてみたい。

## 一　宗教の背景

いつもながらではあるが、この作品においても、清張小説の冒頭に触れたい。事件の舞台となる、東京郊外の風景描写である。

夕方の景色は、田園調で美しい。広い畠と、その向こうに立っている林とが蒼褪《あおざ》めて黝《くろず》み、端には白い夕靄が立つ。夕焼けの広大な雲を背景にして、教会の尖塔が黒い影絵になって見えるところなどは、その気持のないものでも、宗教的な詩心を起こす。

「美しい」「広い」「白い」「広大な」「黒い」といった形容詞の多用や、「蒼褪《あおざ》めて黝《くろず》み」といった、読みを辞書ででも確かめなければならないような語彙の使用など、必ずしも見事な風景描写と言いきれないかもしれないのだが、〝ミレーの晩鐘〟とでもいった風景とともに、この小説を象徴する雰囲気を、読者は早くも感じる。確かに、それは象徴であった。

前代からの農村部落と新しい東京の部分とが、ちぐはぐに混在している東京郊外。小説は、「昼間は、赭土《あかつち》の畠の涯に、尖塔の十字架と建物の白い壁が陽を受けて輝く。夕方には壮麗な空を背景に、それが絵画的なシルエットとなる」詩的な情感を、強調する。それは、本当に感動に足る宗教的な情感であろうか。小説の場面は、近隣のどこからでも眺められる「とびぬけて高い」教会の周辺、新開地の陰の小家に視点を移す。その家には、犢《こうし》ほどもある四頭のセパードが飼われており、主人は、原色の派手な洋服に、疲れた黄色い肌の、「外国で暮らしている日本人によく見られる型」の中年独身婦人である。尖塔《せんとう》がそびえる教会の熱心な信者で、この教会の紅毛の神父が、昼夜を問わず毎日訪問して来ていた。婦人は、神父と一緒に聖書の翻訳をしているということだった。

○そのグリエルモ教会の熱心な信者だと聞けば、近所の人々も彼女の宗教的な人格を見直さなければならなかった。

○グリエルモ教会から、彼女の家までジープで五分とはかからなかった。…そのジープは二年後には、ヒルマンに変った。
○バジリオ会の教旨の一つに「純潔」がある。教徒は、それ故に神に奉仕するビリエ神父の人格を疑わないが、近所の俗人はそうは出来なかった。
○啜《すす》り泣くような女の声が、中学生の耳にかすかに伝わってくるのである。…それは決って、ルネ・ビリエ師のルノーが江原ヤス子の庭に停っている晩に限っていた。
皮肉とほのめかしの記述は、紹介していればキリがない。小説は、戦後の日本の窮乏を救う目的で送られた救援物資の不正横流し事件、「上辺は謙虚で優しいが、内面はひどく傲慢な」ヨーロッパ人神父、「生涯、異性との邪淫を拒絶して、霊魂に生きている人々」であるはずの聖職者の偽善の姿を、記述している。小説冒頭の、限りなく詩的にも見えた宗教的感動を誘う風景は、それが空虚の映像であることの象徴として、語られていたものであった。

## 二　愛情の小説

それでは、小説『黒い福音』は、宗教世界の偽善を告発する意図で、書かれた作品なのであろうか。筆者は、そのようには感じにくく思っている。実を言うとこの作品は、清張小説の中では、例外的な特徴を持つ作品なのである。それは、未婚の男女の恋愛感情を記述する小説であるという点においてである。
○しかしトルベックは、急に生田世津子に接近したのではなかった。彼を遠慮させる何かを彼女は身につけていた。そう感じるのは、トルベックに初めて純真な恋心が湧いたからである。
○今までの女性とは生田世津子は違っていた。頰の柔らかさも、唇の甘さも、その匂いも、彼には神々の恵みのように思われた。実際、彼から見て、この小柄な女は、ことごとく食べてしまいたいくらいに可愛かった。
これは、神父トルベックの感情である。世津子も、
○生田世津子は、この若い神父を初めから好きだった。だから、彼に連れられ、夜の深い森のある場所、小川のほとり、草の萌える上で、抱擁されたとき、限りない歓びを感じた。
○トルベックは妻帯を許されぬバジリオ会の聖職者であった。が、生田世津子は、自分の青春を犠牲にしてもトルベックに捧げよう、と決心していた。
という感情であった。トルベックと、ロンドンで研修中の世津子との、愛情籠もった交信の内容は、紹介するまでもないとも思うが…。
○あなたのお手紙の最後にあるお祈りの言葉は、いつもうれしく拝見しています。つくづく、神さまを信じていることの仕合せを、身にしみて感じています。神に愛され、あなたにも愛され、わたしという女は、どんなに仕合せ者でしょう。（世津子）

〇わたしがあなたをどれだけ好きか、神さまだけがご存じだと思います。わたしの愛の深さは、山の湖よりもっとだと思います。どうかわたしを信じてください。あなたの居ない毎日は、まるでサバクの中で暮らしているようなものです。(トルベック)

トルベックが、結局殺人を犯す原因となる依頼に対しても、世津子は、その行為の露顕ではなく、トルベックが罪悪にかかわることの罪を諫め、「あなたの勇気に手伝うわ」と、励ましている。世津子の真実の愛情である。住宅街の見知らぬ家に監禁されても、イトコの暴力に犯されても、トルベックの愛情を疑わず、殺害されるために連れ出される時も、恋人との外出に、「鏡台の前に坐った。うきうきした様子が、その全身に溢れていた」と、描写している。小説『黒い福音』のヒロイン世津子は、初めて異性を愛する感情を持った、疑うことを知らない清純な女性に描かれている。

## 三　スチュワーデス殺人事件

この小説は、知られているように、昭和三十四年三月十日の朝に、杉並区の善福寺川で死体で発見されたスチュワーデス殺人事件を背景にして、書かれている。小説の記述に戻る前に、史実としての事件の経緯に関して、できるだけ客観的な把握をしておきたい。

死体が発見されたのは、十日午前七時四十分頃、杉並区大宮町一六五九先の善福寺川宮下橋下流約五十メートル辺で、女性が仰向いた姿で死んでいるのを、通りかかったサラリーマンが発見し、警察に通報した。近くに散らばっていた所持品から、ＢＯＡＣ（イギリス海外航空）スチュワーデスで世田谷区松原町四の三八四上保重一さん方、武川知子さん（27）とすぐ判明した。高井戸署では初め自殺と認めたが、不審な点もあるので、慶応病院に送って司法解剖をしたところ、手足に擦過傷があり水死でなく窒息死と思われる症状があるため、他殺の疑いが濃いとして捜査を開始した。死体は、紺ツーピースの制服姿で、現場の橋近くには、現金二千円入りの彼女のハンドバッグも落ちていた。

武川さんの下宿先である上保さん宅には、この五日に引っ越ししてきたばかりで、この八日午後二時頃、「駒込の叔父の家に行く」と言って、下宿を出たまま、行方不明になっていた。外出した時に着ていたオーバーなどは、流域中で発見された。八日は、朝に目黒区下目黒在の伯父から、文京区上富士前在の伯父の古稀の祝に行くことを誘われ、午後二時半頃に下宿を出ている。捜査本部では、その後に、約束していたか偶然にか、「よほど親しい関係の男性」と出会って、そのまま殺害されるまで行動を共にしていたと見て、知子さんの交友関係を中心にして捜査を開始した。

知子さんは、兵庫県西宮市浜甲子園武川はるさんの次女で、同市の聖心女学院を卒業、上京して新宿区下落合の聖母病院看護婦養成所を二十八年に卒業、神戸市に帰って看護婦をしていたが、三十二年暮に再度上京、中野区鷺宮の乳児院オデリヤホームで保健婦をしていた。三十三年暮に、ＢＯＡＣが募集した日本人スチュワーデスに応募して合格、三十四年一月十日からロンドン本社での講習を受けて二月二十七日に帰国、三月十三日に香港線に初搭乗の予定になっていた。ＢＯＡＣに合格後は、伯父の同社社員（世田谷区松原町在住）宅に同居していて、帰国後に、上保さん宅の下宿に移ったばかりだった。同居先の伯父は、知子さんが十三日の初搭乗を楽しみにしていたと語っている。捜査本部では、死体発見場所近辺を殺人現場と見て、殺されたのは十日午前零時から五時頃までの間、交通不便な場所なので、犯人は自家用車を持ち、殺害三、四時間前にマツタケ入りの中華料理を食べるという解剖結果などから、比較的贅沢な生活階層の人間と推測している。九日午後十一時過ぎに、現場付近で女性の大きな叫び声を聞いたという届出もあった。知子さんが、七日に一人で港区三田の駐留軍払い下げ店に出かけ、ロッカー・洋茶ダンスなど一万千六百円相当の買物をして配達を依頼、その際に、八日午前と九日は下宿先にいるが、八日午後はいないと語っていたことも、判明した。

比較的単純な衝動殺人に見えたが、捜査は難航した。本部は、犯人は、知子さんの交友関係のうちと絞って、捜査を進めた。知子さんは、神戸の病院を転々としたが、入院患者と親密な関係になったり、他の病院に移って後に別の患者と親しくなって、婚約するということがあった。オデリアホームに勤務中、上京してきた婚約者と熱海に外泊したりということもあった。鷺宮の乳児院に勤務中は、夜間、高田馬場の高田外語学校に通い、ここでも親しい男友達が出来たりした。ＢＯＡＣに応募する前後、小学校以来の浦和在住の親友の家に、外語学校で知り合った男友達を連れて行ったり、ということもあった、異性関係は、かなり派手であったと評してよい。乳児院で同僚であった女性は、「知子さんはとても男好きのするタイプで、自分で気がつかないうちに、相手の人から好感を寄せられてしまうという具合の人だった」と言っている。犯人は、知子さんの周辺の人物とほぼ確定されたが、決定的な容疑者までなかなか辿り着けなかった。

約一ケ月の後に、突然、杉並区八成町九十のドン・ボスコ修道院ルイス・ベルメルシュ神父（38）の名前が浮上した。外部には突然と思われたが、捜査本部は、事件発生の当初から容疑者としてマークしていた。高井戸署の捜査本部は、同容疑者に出頭を求め、重要参考人として事情聴取を行った。任意出頭を求めたのは、最初は五月五日であったが、報道機関の車が大挙して来たために、ドン・ボスコ社の果敢な抵抗にあって、実行出来なかった。教会の神父が、新聞記者たちを八ミリで撮影したり、車の番号をひかえたりといった小説中の場面は、この時のことである。事情聴取は、十一・十二・十三・二十・二十一の計五日間行われた。めぼしい結果は得られなかったが、知子さんとの親密な関係は明らかにされ、三月五日、ＢＯＡＣ勤務の伯父に原宿に送ってもらった後に、神父と出会い、原宿駅前の連れ込みホテル菊富士ホテルに入ったことも確認された。神父は、相談に乗っただけというが、勿論、そんなことは信じられない。この日、神父は、知子さんを京王線明大前駅まで送ったが、その際に、下宿を中心とした都内の英語地図の入手を依頼されている。知子さんの失踪直前にドン・ボスコ社の封筒に入れられて郵送されてきたものが、この地図であったと思われる。事情聴取の際に、神父は詳細な行動メモを示したが、証言者はすべて教団内部の人間で、証拠能力に問題があった。神父は、二十二日、過労による衰弱を理由に、新宿区下落合の聖母病院に入院した。

ベルメルシュ神父は、ベルギーの農家の長男であったが、カトリックの司祭を希望して、昭和二十三年に来日、目黒区碑文谷のサレジオ修道会に所属して、同会の神学校の神学生として学び、昭和二十八年に司祭の資格を得た。その後、杉並区八成町のドン・ボスコ社に転属して、同社の会計係となっていた。知子さんが航空会社に入る前に勤務していた乳児院が、サレジオ会系の施設であり、ここで神父と親しい関係になったものと思われる。刑事の聞き込みによると、神父は、乳児院の保母らに対して、抱きついたり下半身を触ったりといったセクハラ行為がよくあったという。事情聴取によっても、同神父が、女性信者数人と親しい関係にあったことが、確認されている。清貧・貞潔・従順を教旨とする教団の聖職者としては、疑問符のつく神父であったようだ。週刊誌に掲載の同神父の写真を見ると、映画俳優のようなマスクで、俗人であれば女性との関係がかなり噂されそうな容姿に見える。ベルメルシュ神父への疑惑に関して、駐日ローマ法王庁ド・フルステンベルク公使が、朝日新聞社の質問書に、「彼の潔白を断言する」と長文の回答を示したが、心象的で根拠に乏しい。ベルメルシュ神父は、六月十一日の夜、ひそかに羽田から出国した。その二週間ほど前に、小倉警視総監は、記者会見で、「事情聴取は一応終わった。近くまた出頭を求めることはない」と述べた。なにか示し合わせたような雰囲気が拭えない。

## 四　小説的想像

小説『黒い福音』は、『燃える水―黒い福音・推理編』という続編を持っており、ここに、事件後の清張推理が小説形式で記述されている。全集では、「第二部」となっている。事件の発端は、四月四日となっている。実際の三月十日がどうして四月四日になるのか、理由が分からない。死体の発見者は、「付近の農家の主婦」である。実際のサラリーマンでなくて、どうして農家の主婦になるのか、これも理由不明である。遺体が横たわっていた善福寺川も、なぜか「玄伯寺川」である。これも、理由不明。この匿名あるいは朧化記述については、後に一括紹介する。被害者生田世津子が下宿を出る時に、「イトコに会いに行くけど、遅くなったら叔母の家に泊まる」と言ったのも、事実は伯父である。このあたりの相違も理由不明。世津子の実家は名古屋とされているが、実際は、兵庫県西宮市である。なぜ名古屋になったのか。刑事が教会の神父に面会して、ハンドバッグの中に教会名の封筒が入っていたことを言った時、神父は「ひどく愕いた顔をした」と小説は記述している。衰弱して入院していたベルメルシュ神父の姿が、突然に消えた。実際には関西方面に出ていたらしいが、その意味が、現実の報道でも小説でも、あまり問われていない。

清張が、小説『黒い福音』を「週刊コウロン」に発表したのは、事件のあった年の十一月であるが、それ以前に、「私はこう推理する」（「朝日新聞」昭34・3・17）、「スチュワーデス殺し論」（「婦人公論」臨時増刊、昭34・8）などで、見解を表明してもいた。前者は、全文を紹介すると、次のようである。

**犯人は外人**　愛欲のもつれから　**推理作家松本清張氏**

殺されたスチュワーデスは親せきに行くといって家を出たのだが、はじめから行くつもりがなかったとは思えない。おそらく親せきに行く途中で顔みしりの男に会うとか、またはふっと気が変って男友達の一人を訪ねる気になったのではないか。ところが男の方はなかなか彼女を離さずあちこち引張りまわしたのだろう。ともかく犯行のもようからみて犯人は自家用車を持っている、経済的にもゆたかな男ではなかろうか。男友達はたくさんあったというが、どうもスチュワーデスになってからの友達が犯人ではないかと思える。そして彼女の職業がら日本人ではなく、外人ではないかと考えられる。外人も中華料理を食べるし、また外人ならこっそり彼女を連れて泊ることのできる知人宅などもたくさんあるわけだ。いずれにしろ犯行の動機は愛欲のもつれだろう。

「スチュワーデス殺し論」では、清張は、「警視庁は、この事件を捜査中、途中である壁にぶつかり…〝迷宮入り〟の線を打ち出していた」という推測をしている。ベルメルシュ神父と知子さんに関する週刊誌記事などは、神父については、女性関係にとかくの噂があり、神父の名刺を所持した女性が自殺未遂事件を起こしたこともあり、知子さんとも、鷺宮のオデリア・ホームで知り合い、知子さんが研修でロンドンに行く直前の一月八日にも、帰国して後の三月五日にも、原宿の連れ込みホテルに一緒に入ったことなどを記述している。大阪在住のある女性とは、結婚するしないで告訴騒ぎにもなったという。知子さんと知り合う以前である。〝女癖の悪い〟性格は、認めねばならないようである。

週刊誌はまた知子さんについて、聖母女子短大を卒業後、神戸の万国病院に就職したが、同病院に入院中の患者と特別な関係になり、両親の心配で退職、転職した病院でもクリスチャンの患者と親しくなって婚約したが、先の患者と歩いているところを目撃されて退職、再度上京したりといった、「男性との交際には多少、安易な性格だった」点に、注意している。事件の決め手となるのは、八日午後から十日朝にかけての知子さんの消息であるが、これが皆目不明の状態である。この間のベルメルシュ神父の行動は、昼間の時間帯ではほぼ確認されているが、就寝時間前後からの状況は不明である。今一つ注意されることは、警察の捜査に対する教会側の強い抵抗である。最後には、国外に脱出させてまで事件を隠蔽したカトリック教団サレジオ会は、戦後の混乱期の救援物資横流しや闇金融にかかわる噂が絶えなかった体質がある。これが、この事件に関与するところがあるとしたら、事件の背景には、「第三のある男」の存在があるかも知れない。この「小説的想像」を、清張は、『黒い福音』中の骨格に採用している。

客観的に確認できる範囲で、「スチュワーデス殺人事件」の経緯と、作品化された清張推理の内容を紹介した。筆者の記述は、事件の真相を推理するのが本旨ではないが、事件を小説作品にした清張の態度を見るためにも、必要な程度の考察はしておきたい。

①事件についてまず気付かれることは、犯人の周辺にどのような背景があるにしても、事件そのものは、かなりに不用意あるいは衝動的な成り行きによるものではないか、ということ。殺害現場付近で、被害者の所持品のほとんどが見つかっており、犯人には、事件を秘匿するところまで、ほとんど気持がいってないし、余裕もない。現場は、よくアベックなどがひそむ暗がりの場所で、殺人行為には不向きであり、実際に、被害者のかなり大きな悲鳴などが複数聞かれている。清張小説では、ランキャスター氏の脅迫と岡村の監視の中で、神父トルベックが追い詰められて起こした犯行ということになっているが、このようなシロウトに処置をまかせては、いずれそのツケが自分のところにまわって来ることが、目に見えている。殺人行為そのものは、計画性がなく、かなり偶然的な要素によるものではなかろうか。

②直接の殺人犯として、ベルメルシュ神父の容疑はきわめて濃厚である。まる一日の取調べの最中に、神父は、飲食にまったく手をつけずトイレも利用せず、血液型の判定を不能にする努力をしている。事件が新聞報道された後に、現場のタイヤ痕との照合を不能にするためであろう、車のタイヤをすべて交換するといった見えすいた偽装も行っている。最後の国外脱出といった非常手段も含め、これらの行動は、疑惑をむしろ確証に近づける以外のものでない。この拙劣を考慮すると、この面からも、殺人の背景のプロ的な組織を推測しにくいと思うが、殺害犯人が、神父自身かあるいは神父周辺

に存在することは、ほとんど確実である。

③知子さんが失跡直前に受け取った、ドン・ボスコ社封筒の速達は、神父が言うように、その三日前に知子さんに依頼された、東京都内の英語地図であろう。小説に推測されるような手紙は、たどたどしい日本語会話以外はほとんど出来ない神父には、呼び出しの手段としての手紙は不自然である。八日当日は日曜日でもある。手紙が証拠品となることを危惧するなら、封筒ごと回収しなければ、疑惑の要素はさらに強くなる。封筒に中身が無かったことは、知子さんは、中身となっていた英語地図を誰かに渡した、渡そうとして八日午後に下宿を出た。そう考えるのが自然である。当然、日本人に必要な地図ではない。知子さんの新しい下宿の場所を図示した地図は、おそらくは航空会社に入社前後から後に知り合った外国人に渡したものであろう。女性は、特定の対象が出来ると、それ以外には冷酷になる面がある。それが、新しい愛情の証とでも思う面がある。

④その外国人は、神父ベルメルシュではない。神父は、用途について知子さんからどのような説明をされたか分からないが、想像をたくましくして言えば、知子さんの新しい恋人を察知したのではなかろうか。知子さんは、先述もしたように、異性関係にはルーズな面があったようだ。聖母病院での看護婦研修中に外人患者と親しくなったこともあると伝えられている。航空会社に合格した前後、彼女は、結婚を延期する意志を周囲に洩らしている。神父は、自分が知子さんと親密になった状況を考えても、彼女に容易に異性関係が発生することを想像することが出来た。

⑤「週刊朝日」（昭34・6・7）は、知子さんの手帳に、神父の住所と電話番号のほかに、「第一ホテル五八〇号室」というナゾの記述があったことを伝えている。この記述については、その後、まったく何の報道もされていない。どういう意味であったのだろうか。事件の解明のために、知子さんが泊まった三月八日夜の宿泊先の特定が、きわめて重要である。最近のモーテルのような車乗り入れの簡易ホテルがあれば別だが、普通のシティホテルあるいは連れ込みホテル・旅館でも、特に現場近辺のそれに限るなら、神父と知子さんが一緒に行動していたとすれば、どのように追跡しても確認されないということはないのではないかと思われるので、その場所は、清張小説のように、目立たない民間の家屋とでも推定するしかないが、小説中の江原ヤス子宅のような秘密アジトも考えられなくはない（「週刊新潮」の記事にある、鷺宮の尾方寿恵宅がこのモデルであったと思われる）。ドン・ボスコ社があれほど事件の隠蔽に奔走した経緯を見れば、このあたりでもすでに教団の関与がなかったかと疑われる要素無しとしない。

最初に断ったように、事件の真相推理が、本節での目的ではない。清張は、この事件を、「もともとは愛情が発端だったのであろう」と推測している。ベルメルシュ神父と知子さんの過去を見れば、これが〝愛情〟と言うには迷う面もあるが、二人の関係が、そのような男女関係として始まったものであることには、筆者の推測も同じである。清張は、事件の背後を、「ただ単に愛欲ということだけでなく、それを越えたもっと冷酷な、別な原因があるような気がする」として、それを小説に書いた。

けれど、先述したように、この殺人はプロ組織が背景にあるものとしてはあまりに拙劣である。第一、組織に関与できるかどうか、その能力も意志も不明なシロウトを勝手に（多分麻薬の）運搬係として計画し、それが予定通りの進行を見ないからといって〝即殺人〟というのも、あまりにお粗末な計画である。勤務状態に熟練した、犯罪に誘導可能性のある人物を、それとなく見つけ出して…というのが、常識の感覚ではないだろうか。事実、この事件の半年後、ＢＯＡＣスチュワーデスのメリー・王（ワン）の宝石密輸事件や、麻薬密輸にかかわって同社乗務員一二七人が馘首されるという事件が起きている。筆者は、この事件は、終始、異性との感情に敏感な（悪くいえばルーズな）男女の間に起きた、衝動殺人と理解している。この事件を「いずれにしても動機は愛欲のもつれだろう」とする清張も、「軽率な男女が…」と認識していたのではないかという気がするが、作品では、闇の世界を背景にした、結ばれない二人の運命の悲恋物語として語った。その清張の心情の推測は、最後のまとめの段階で述べたい。

## 五　別称と略称

事件が、杉並区の善福寺川での死体発見から始まったのが明瞭であるのに、作品は、何故か地名を隠したり朧化したりしている。整理してみたところを紹介すると、次のようである。

玄伯寺川＝善福寺川　八幡橋＝宮下橋
高久良＝高井戸　高久良署＝高井戸署
ＥＡＡＬ（欧亜航空路会社）＝ＢＯＡＣ（イギリス海外航空）
グリエルモ教会＝下井草教会
××町聖愛病院＝下落合聖母病院
菊鶴ホテル＝菊富士ホテル

これらは、固有の地名を別称に変えて使用している。「菊鶴ホテル」はともかく、他の呼称は小説中に頻繁に登場し、この作品の読者のほどなら、偽名はすぐに察知できる。逆に言うと、明瞭に別呼称に置き換えているところに、実際の事件の事実関係は利用しながら、小説的な操作が加えられていますよと、言いたいのであろうか。しかし、読者には現実の地名が頭の中にあるので、抵抗も感じる。「玄伯寺川」の「八幡橋」は宮下橋と同所のようである。「聖愛病院」はサレジオ会関係の病院らしいから、武川知子が看護婦になった聖母病院のことらしい。それなら下落合と明瞭である。ことさら「××町」というのも意味が分かりかねる。「菊鶴ホテル」は、「Ｈ町」に所在とされているが、これは原宿のことである。別の場所で、「崇高な神殿を囲んだ宏大な杜の前」とも記述している。三月五日に、武川知子が原宿駅前で伯父の長谷川氏の車から降りたあたりの描写である。「トルベックと生田世津子が、ひと時の憩いをとった旅館は、すぐ近くが風致地区である。宏大な地域にわたって美しい杜が展がっている」という記述。明治神宮と外苑の森を指していることが明瞭であるが、わざと明示しない意味は、どういうものであろうか。

言い替えではなくて一応は朧化の意図とは思うのだが、現実の地名を略称している場合が多い。しかしその略称も、ほとんどそのまま現実地名がすぐ浮かぶような形になっている。最初から順番にあげていってみると、

N市＝奈良市、N女高師＝奈良女高師、奈良女子大学
国電のM駅＝三鷹駅　　M署＝三鷹署
中央線S駅＝新宿駅
M大＝明治大学
中央線O駅＝荻窪駅　O電報局＝荻窪電報局
R社・R新聞＝不明（新聞社）
S新聞＝不明
Z池＝善福寺池
S道路＝水道道路
Y教会＝不明
Q新聞＝不明

K元侯爵別荘＝近衛元侯爵別荘
K大病院＝慶応大学病院
S電報局＝鷺宮電報局

以上のように、頭文字だけで略称しても、すぐ特定の名称を浮かべることが出来るし、あえて略称して示すことの意味が、よく分からない。小説の展開に頻繁に登場する場合は仕方なく別称を用いるが、さほどでない場合略称で…ということだろうか。実名を提示するのはやや不都合という事情があるとすれば、容易に推測しにくい略称にすべきであろう。実際に史実に取材した小説であるし、実在の地名で記述して貰った方が、少なくも筆者は、現実に密着した感覚で抵抗感がない。泉下の清張氏に意図を聞いてみたいところである。

## 六　文章と語彙

今一つ、これも作品論としては余計なことかも知れないが、清張作品に共通する性格としての独特の漢語表現、それが、この作品にはことさらに目立つようにも思われるので、そのことにも触れておきたい。清張作品全体の問題としては、別に整理しており（『松本清張作品研究』、和泉書院、平20）、内容的にはほぼ重なる。『黒い福音』の場合をざっと見てみると、次のようである。

○「逢う」というのも絶無ではないが、おおむね「遇う」そして「媾曳」。

○青は一例だけ「青い屋根」というのがあった。他はすべて「蒼い」「碧い」。瞳・空・光線・顔・光など。「蒼」と「碧」の間は、区別が無い。「真蒼」「蒼黒い」「蒼褪める」など。

○「赤い」顔や髪毛や鉛筆もあるが、同じ程度に、「赧い」顔であったり「赧らめ」たり。「真赧」にもなる。特になぜか「赭ら顔」の用例は頻繁。

○「足音」の例は一、「跫音」が二例。

○「踞る」と「蹲る」。

○「拍つ」のは手、「搏つ」には動悸、「その顔を擲《う》つ」はもしかしたら誤用？

○「訴える」は一例あるが、おおむねは「愬える」。

○電話を「措く」というか？

○逃亡の「惧れ」とか、神を「懼れる」、罪「怖れる」とか「恐ろしい」とか。この使い分けは分かる気はする。

○おどろく場合は、なぜかほぼすべて「愕く」。

○日本語もたどたどしいトルベック神父が、「戒飭《かいちょく》を受ける」などと言うか？「羚羊《かもしか》」「箝口令《かんこうれい》」「怯懦《きょうだ》」などもルビが必要なほどの語彙。

○聞くは殆ど無くて、「訊く」「聴く」がほとんど。聞くの場合もあるとも思うが。

○風景や天候が「暗い」場合もあるが、「昏い」「昏れる」が多い。
○煙草のけむりはほぼ「烟」。
○「犢《こうし》」や「雀躍《こおどり》」や「鼻翼《こはな》」や「耳朶《じだ》」「箴言《しんげん》」もルビが必要か。
○こわいのは、なぜかすべて「怕い」である。
○「知る」「識る」また「報らせる」、このニュアンスはなんとなく分かるけれど。
○「白い」壁や「皓い」歯。さすがに頭は「白い」しかないか。
○戸でも机でも、たたくのはつねに「敲く」である。
○たのしいのは、つねに「愉しい」。分かる気もする。
○なき方はいろいろ。「泣く」「涕く」「歔く」に、この「哭く」のは犬。「噎泣《むせびな》く」に「啜《すす》り泣く」「欷《すすりな》く」と多様。
○なみだはなぜかすべて「泪《なみだ》」。涙とどう違う?
○「慣れる」に「狎れる」に「馴れる」。なんとなく分かる気も。
○「遁げる」に「逃げる」、にげ方に違いがある?。
○はうのは、つねに「匐う」。
○「白堊《はくあ》」に「歯齦《はぐき》」に「秘蹟《ひせき》」に「茫乎《ぼうこ》」に「保姆《ほぼ》」。世代の違い? 教養の違い? 「茫乎」は清張語彙である。

○「展《ひろ》がる」に「拡《ひろ》げる」。「慄える」に「顫《ふる》える」。
○眼を「瞠《みは》る」は分かるが、「見戍《みまも》る」のはこの表記のみ。それに「凭《もた》れる」。
○「杜」と「森」はどう違う？
○やすむ場合は「憩む」、やむ場合は「熄む」、ゆるす場合は「宥す」、よろぶのは「歓ぶ」。
○憂鬱がひそかに「揺曳《ようえい》」したり、「凛然《りんぜん》」と聖なる姿であったり。この程度は常識？
○わらうのも、「笑う」と「嗤う」がある。このわらい方の違いは？　手許の辞典では、あざける・ばかにするといった意の場合に「嗤い」とも書くとしている。

清張の文章表現としての漢語語彙は、十分なイメージを持って使用されているので、ことさら難解とか文飾とかいった感触ではなく、オヤと思うような気取った姿勢を感じる程度である。その気取りの姿勢も、不要なこだわりや偏った感覚といったものでなく、高雅な趣味や品性を感じさせて、むしろ好印象の感覚につながっている。小説内容との関連で言えば、いわゆる通俗性のある作品の方が、むしろ高踏性を感じさせる表現や語彙の使用が多いという特徴もある。小説『黒い福音』の場合にその原則が通用されるとすれば、この作品には通俗性に通じる感覚が、少なくも清張にはあったということになる。

# 七　謎の読切小説

『黒い福音』において、清張小説には珍しい恋愛記述があることを、先に述べた。それと関連する珍しさであるが、次のような描写がある。

〇手が下にすべって、指が女の乳房を揉んだ。これには、さすがに斎藤幸子が声を上げそうになった。しかし、それは身体を少しずらしただけだった。指は乳房の上を這い廻り、柔らかい隆起をゆさぶった。

〇彼女は、自分の五体を顫わせていた。その戦慄の中に、トルベックの手が辷り降りた。指は彼女の衣服を剥がしにかかっていた。彼女は防禦した。が、絶え間なくトルベックの指は動いていた。

一方では頰に当る彼の唇は、いっそうに激しくなっていた。「灯を」。彼女は、口の中で叫んだ。

昭和三十年代、ポルノチックな性愛描写が氾濫する現代とはよほどに状況は違うとは思うけれど、それでも、愛欲場面の表現としては、清純派と批評しても良いほどの謙虚さではあるまいか。しかも、これが小説の展開のために、やむを得ず書かれたのだとでもいうように、世津子とトルベックの肉体的な接触の場面は、その後はほとんど記述されない。清張小説に情欲場面が稀薄であるのは、あらためて指摘するまでもない特徴であるが、その僅かな例外と言うべき現象が、小説『黒い福音』にはある。何故だろうか。

『黒い福音』は、言うまでもなく、現実に起きたスチュワーデス殺人事件を題材にとった作品であるが、この史実に対する小説の解釈は、明瞭である。神父トルベックの殺人行為が、追いつめられた者の混沌の中でなされた、あえて言えば、殺人者もまた被害者といった解釈で作品化された小説であることが、明瞭である。宗教的戒律と人間感情のはざまで生まれた神父と保母の愛情、それが、宗教教団の暗黒部分とそれに結びついた闇の組織、その圧力の前に愛惜もなく抹消されていった。巨大な黒い権力の前の、ささやかで無力な男女の悲劇として、この小説が書かれている。そのことが明瞭である。

現実の姿はどうであっただろうか。先に述べた武川知子と神父ベルメルシュの実像について、再度繰り返して述べたくはないが、二人が、それぞれ否定しがたい闇の部分を背後に持つ男女であったらしいことも、明瞭と言うに近い。神戸の武川知子をめぐる三人の男との関係。友人は、

「それは彼女のせいではない。境遇がもたらした男への無知、それが強い好奇心をよびさました。そして重なる失敗を不倫で反抗した。根が善良なだけに、計算というブレーキがきかなかったのよ」（「週刊朝日」、昭34・３・30）

と弁護しているようだが、「男への無知」や「根が善良」であることも、「本人のせい」である。故郷から逃げるように上京した地での、外語学校での新たな異性関係。ＢＯＡＣのスチュワーデスに合格

した時、彼女は、友人に言ったそうである。「婚約者（神戸在住の某氏＝筆者注）との結婚は延期した。これからは、その気になれば外人とも結婚できるんだから…。」神父ベルメルシュを別にしても、これだけ辿れる遍歴を見れば、異性関係のトラブルに巻き込まれそうな資質は、観察に十分である。そして、それが現実になった。神父ベルメルシュについては、言うまでもない。重いカーテンに閉ざされた教団内部からでも漏洩《ろうえい》を避けられなかった（女性関係や教団の闇資金などの）疑惑を思えば、この神父においても、早晩似たような犯罪の当事者になる可能性は、十分にあった。そして、それが現実になった。

繰り返すけれども、素材になった殺人事件は、すこぶる疎漏になされており、計画性といったものが殆ど感じられない。ただ、行方不明になった三月八日午後から、善福寺川で死体となって発見された十日朝までの消息が不明であるのが、いかにしても不思議である。濃紺のスーツに身を包んだ美人と外人神父（私服には着替えていたようだけれど）のカップルの姿が、警察のどのように必死な捜査によっても、浮上してこないのが、いかにも不思議である。ところが、この条件に関して、まさに「事実は小説よりも奇なり」を地でいったような提示がなされていたことを、筆者は、今頃になって知った。「週刊新潮」（昭34・6・19）に掲載された、小川久三「スチュワーデス殺人犯人の手記」という一文である。著者の小川久三なる人物については、筆者はまったく知識が無い。この一文は、在日の某国大使館の三等書記官が日本国の警視総監に宛て、本国からの機密文書を公開する形で、記述されている。内容は、友人である外務書記官の犯罪の経緯である。

当該の外務書記官は、外務的な内容の用務を持って、三月三日ロンドン発のBOAC機に搭乗して日本に向かう機内で、一人の日本人紳士（藤田某）とその知人の日本女性（安川里子）に出会った。日本に到着後、藤田氏の案内で東京見物をしたりして、里子とも再会した。里子に好意を抱いた書記官は、彼女との結婚の希望を持ち、十日のアメリカへの出発までの間に、その確約を得ようとした。書記官は、友人の大使館書記官に（結婚式を司祭する）神父の知人がいないかと聞いた。紹介された神父は、偶然なことに里子にも知人であった。書記官は、里子を車に乗せて、半ば強制的に大使館内の建物に連れ込んで説得を試みたが、彼女は拒絶、帰ろうとする里子との諍《いさか》いの中で、思わず絞殺してしまったというものである。帰国後、この件を自白した外務書記官は、本国の裁判所によって審理され懲役二年の刑に処せられた。「特別読切小説」と題されても、このような内容の文書がどうして公表され得たのか、謎は深いが、事件の経緯を語って説得性がある。中華料理とマッタケ、自家用車、八日午後からの武川知子の消息不明、それらの謎が一挙に自明となる。ただし、膣内とパンティに付着した二種の精液の秘密には、触れることが無い。外務書記官の（意識的あるいは無意識的な自己弁護的）自白内容に、疑念が残るところがある。

筆者が語ろうとしていることは、小説の素材となった事件の真相ではないので、これ以上の記述は省略する。ただし、神父ベルメルシュが、殺人犯人か、殺人犯人でないとしても事件に深くかかわっているこどの疑惑は、打ち消しようがない。いわば真っ黒と言ってもよかった疑惑は、神父の国外脱出によって追求不能になったけれど、そういう経緯に導いたのは、疑いなくカトリック教団サレジオ会の意志である。神父ベルメルシュは、八十三歳となった現在、カナダの港町の名士となって過ごしているそうである（「週刊新潮」、平15・4・10）。神父ベルメルシュが、たとえ殺人を犯さなかったとしても、〝貞潔〟の戒律をはるかに超える行為をしていたことは、教団も認識しているが、ひそかに伝えられる宗教裁判や追放式（高瀬廣居「紅毛神父の内幕」、「文藝春秋」、昭34・8）などにも無縁であるだけでなく、破戒行為も隠匿されてひたすら保護された事情は、どういうものであろうか。信仰者は、真実の内容があろうと、教団の危機には身をもって立ちむかうことが、尊い殉教の行為であると、信じきるもののようである。事件に遭遇した武川知子の家族は、彼女の死が（カトリックでは許されない）自殺でなかったことを知って「安堵」したそうである。事件後三十年を経て知子の姉弟は、神父を恨む気持はないと、取材記者に語っている（「週刊新潮」、平1・1・26）。肉親の死が教団の危機を招く進行にならなかったことで、熱心なクリスチャンであった家族は、むしろホッとしているらしい。

それらの事情はともかく、事件の内面が、互いに異性関係にルーズであった二人の男女の、当人にも思いがけない成り行きで起きた事件であったことは、ほぼ間違いない。それが、（野蛮な敗戦国に対する）宗教教団の思惑と、国際関係を顧慮する卑屈な政治姿勢のなかで、意図的に煙滅の途に導かれるという経緯をたどった事件であることも、ほぼ間違いない。清張は、その事件の成り行きの方に注目して、宗教教団の虚像と、真実を葬る政治決着を不問に付し得ない感情で、この小説を書いた。事件そのものは、ありふれた愛欲の顚末であるが、作品が、事件の追求過程における圧力や不明瞭さを主題として書かれたために、許されない愛情を不慮に得た男女が、闇の権力に抹殺されるという悲運小説の形で、保母生田世津子と神父トルベックを描くことになってしまった。小説中の架空名や匿名は、その主題を鮮明に打ち出すための朧化の配慮、漢語を多用するやや高踏的な記述は、事柄の卑俗性を隠蔽する意識、一応そのように説明しておきたい。そのもどかしさの感情が、「調べた材料をそのまま並べ、この資料の上に立って私の考え方を述べたほうが、小説などの形式よりもはるかに読者に強烈な印象を与える」（「なぜ〝日本の黒い霧〟を書いたか」、「朝日ジャーナル」、昭35・12・4）として、この小説にわずかに遅れて〝日本の黒い霧〟に向かわせたと、樋口謹一氏は推測している（松本清張全集13「解説」、文藝春秋、昭47）。小説の構成にかかわらず、素材としての事件の本質については、清張も実感を持って理解していたということである。それでもなお、自分には珍しい純愛小説を書いている清張の内面には、権力の犠牲というような制約の範囲でしか書けない自らの感性を皮肉に感じながらも、男女が真実に魅かれ合う表現にいささかの感動も覚えながら記述を進めていたのではないか、筆者はそのような推測もしている。

# 第6章　ひたむきに生きる　『霧の旗』

小説『霧の旗』は、昭和三十四年七月から翌三十五年にかけて、「婦人公論」に連載された。同じ昭和三十四年には、『波の塔』が「女性自身」に連載が開始されており、清張の女性小説の始発という点でも、記憶される年であると言ってよい。

## 一　桐子という女

この作品の主人公である柳田桐子という女性は、北九州K市に兄と一緒に暮らしていた。その兄が、思わぬ事件に巻き込まれて収監され、公判の最中に獄中で病死した。桐子が、金貸しの老婆の殺人容疑で起訴された兄を救おうとして、著名な弁護士大塚欽三の事務所を訪ねるところから、この小説は始まる。大塚弁護士とはまったく未知の関係であるが、彼女には、弁護士に「会える自信」があったし、「この事件をひきうけてくれるものと思い込んでいた」。それは、「わざわざ九州から二十時間も汽車に揺られて上京した」のだから、「その熱心を初対面の弁護士が認めぬはずはない」と確信していたからである。

この『霧の旗』という作品で、最も評価される点は、登場人物の人間描写にあると、筆者は思っている。桐子のこの性格は、兄の危難を救いたい一心とはいえ、明らかに常態を逸しているが、この作品では、終始些細な綻びも見せず、一貫して描き続けられる。神田の旅館での、若い女にそれとなくさぐりをいれる女中に対して、

「え」と桐子は口の中で曖昧に云って、不意に返事の戸を閉じてしまった。…その稚い線の残った横顔が意外に冷たく、女中に距離を急に感じさせた。

この描写から始まって、見事なほどに一貫している。

弁護士大塚との初めての対面の場面でも、

○若い女は、大塚欽三を見ると、丁寧なお辞儀をした。細面の、眼鼻立ちのはっきりした顔だった。じっと見つめる瞳が強い感じで、これは、大塚欽三が彼女と話している間に、度々うけとった印象だった。

○言葉もはきはきしていたし、弁護士を見つめている眼に動揺がなかった。頬から顎にかけての輪郭に、まだ稚い線が感じられるのである。

○柳田桐子は大塚欽三の顔を、強い眼で凝視して云った。

○柔らかそうな身体つきだったが、弁護士にはそうしている彼女の姿態が鋼でできたように硬質に

感じられた。

○それから二度と大塚欽三の方はふり返らずに暗い階段へ白い姿を消して行った。

これほどに繰り返して、強調されている、兄の命を救うという強烈な使命感。その正義の前には、何者も障害となるはずが無いという強烈な思い込み。後に徐々に明白になってくる、自己の一方的な意志を貫き通す、無感情な冷徹さ。なんらかの精神病と説明される個性だと思うが、その個性によって、惹き起こされる不条理な悲劇。そういう哀しい出来事の一つを、この作品は、淡々と描いている。

桐子は問う。弁護を引き受けてもらえないのは、規定の弁護料が払えないためなのか。正義のために、弁護料などは問題でなく、助ける気にならないのか。貧乏人は、裁判でも絶望するしかないのか。桐子の訴えは、ある程度の納得性を持っている。しかし、その納得性の前に、すべての人が制約されなければならないというのは、合理性が無い。正義ではあっても、気持はあっても、個人として実行不可能なことは、現実場面では多々ある。と言うより、個人のそういう意志が交渉し合って、それなりの妥協のもとに動いていくのが、社会というものだ。桐子という女性は、そういう感性を、欠いている。精神病と言わなくても、ある種、常態を失った精神性とは、確実に言える。

桐子の兄は、公判の最中に、獄中で病死した。桐子の無念の思いは、兄を助けることが出来たのに、その気にならなかった弁護士大塚欽三への恨みと復讐の一点に集中していく。それが、九州出身の人間が過半の、銀座のバー「海草」を舞台にして、上京してこの店の女給になっている桐子の行動として、展開されていく。桐子は、店では、リエと呼ばれている。リエを九州から呼んでくれた信子は、同じく海草の女給で、その恋人の杉浦健次はマダムの弟だが、銀座のフランス料理店の給仕頭をしている。杉浦は、その店の女主人河野径子とひそかな男女関係にあったが、径子の方は、大塚弁護士の弁護を受けたのが縁で、大塚との愛人関係に発展していた。杉浦との逢い引きのための家で杉浦が殺害されたところから、径子が容疑者として収監され、大塚弁護士も、径子の愛人としての立場が発覚し、社会的な立場も失い、家庭も崩壊するという報復を受ける。小説『霧の旗』の内容は、そのようなものであるが、これは、本当に〝報復〟と言えるだろうか。

報復と言うなら、その報復を受けるに足る、不倫・不道徳・不正義といったなにかの行為があってのことであるが、大塚弁護士に、それほど明白な不善は無い。しかし、桐子の、兄を救えなかった怨念は、救える能力と立場を持っていたのに、桐子の期待と願望に応えなかった大塚にのみ、顕著に集約していく。事柄の内容は、むしろ、大塚が被害者というべきものであるが、ひたすら迷うことなく〝報復〟への道を冷徹に進んでいく桐子という個性を、終始揺らぎなく描いている。文学とは、人間を描く営みであるという定義が正当になされるとすれば、この作品は、その限りで、すぐれて文学的な作品という批評が出来ると思う。松本清張全集19（文藝春秋）「解説」で、橋本忍氏は、人間の原点である「生き物、動物である」感情と、現代文明の手続きとの相克といった説明をしておられる。

## 二　人間描写

小説『霧の旗』の人間描写は、桐子だけではない。というより、さらによく描かれていると感じるのが、弁護士の大塚の人間性である。大塚は、すでに帰り支度をしていた時間であったが、弁護料も三分の一に負けてくれという、得体の知れない突然の訪問者にも、親切に応対した。一流の弁護士をという思い込みだけで来た無謀な依頼者にも、教え諭すように振る舞っている。彼の心内に、川奈で待っているはずの愛人・径子の姿がふと浮かんだり、規定の弁護料が払えないから断るのかという桐子の問に、「はっきり云った方がいいと思って」説明した程度のことは、普通と言うより、むしろ丁寧で親切な態度である。

その後、半年ほどして、大塚は、妙な葉書を受け取った。

大塚先生。兄は一審では死刑の判決を云い渡されました。控訴し、二審で審理中に、兄はF刑務所で去る十一月二十一日、獄死しました。なお、国選弁護人さんには無罪の弁護をして頂くことが出来ず、裁判長に情状酌量だけを懇請されました。兄は強盗殺人犯の汚名のまま死にました。

という、文面だった。事務員から事情を聞いて、大塚は、九州から上京して一方的に弁護を依頼してきた若い女性のことを思い出した。翌日、大塚が川奈のゴルフ場に行っていた留守にも、桐子から電話があったことを事務員から聞いた大塚は、少し気になって、九州にいる後輩の弁護士に手紙をやり、公判記録を担当弁護士から借りて自分のもとに送ってくれるように指示した。届いた記録を、多忙な裁判活動の合間に、若い弁護士には、「おやじも困ったものだね。あんな幽霊のような事件をいじってみてさ」と陰口をたたかれながら、目を通した。「先生、兄は死刑になるかもしれません」と言って、事務所の暗い階段を降りて行った少女の固い跫音が聞こえるような気になったからである。

あの時、愛人の河野径子に逢うために、気持が急《せ》いていた。「径子に遇う時間が切迫していなかったら、事件の概要ぐらいは聴いたであろう」と、その程度のことを自責に感じて、記録を取り寄せて読み、「自分の後味の悪さが少しでも拭えたら」と思い、公判記録からほぼ無実を感じた後には、径子と逢っていても、ともすれば、浮かない態度になる。一流弁護士の大塚は、十分に良心的で誠実でもあったと批評しても良い。

その大塚が、愛人の径子の、思わぬ殺人容疑のために、窮地に陥る。これが、本当に窮地かどうか、後に触れることにするが、とにかく大塚は、社会的な指弾、家庭の崩壊、身近な事務所の運営も困難になるという状況に直面する。

しかし、大塚欽三は敢然としていた。それは、かつて彼が手がけた困難な事件に立ち向かっていた時の闘志を久し振りに奮い起こさせたのに似ていた。彼は、径子を信じていた。事件のことだけではない。初老の彼が、径子の愛を信じ、愛のために殉じようと思ったのである。名声も、地位も、業績の履歴も、彼には何の未練もなかった。という態度は、むしろ爽快で、仰ぐべき人間性でもある。それが、桐子という、病的な精神性のために、理由のない苦境に陥っている。径子の無実を証明するために、犯人のライターを秘匿し、虚偽の証言を主張する桐子に、正面から、真摯な懇願を繰り返す。大塚には不似合いの、新宿裏通りの場末のバー〝リヨン〟、幾晩も通った末に、看板になった店から、大塚と桐子は、篠つく雨の中を帰っていた。

大塚は歩いているうちに、突然、泥濘《でいねい》の上に坐った。

桐子が見ている前で、彼は泥の上に膝を折り、両手を前に突いた。

「この通りだ。もう何にも云わない。君の気持もよく分かっている。今は、この大塚を助けると思って一切を云ってくれ。ぼくの云うことを聞き入れてくれ。頼む。」

大塚の声が雨の音の中に咽ぶように聞こえた。

この作品を代表する場面であるが、大塚の真摯な人間性が、象徴的に描写されている。

大塚のその行為に報いた、桐子のライター返却の約束は、結局、桐子の自宅に押し掛けてまでの、凌辱行為として指弾される結果になった。一身の肉体を賭けてまでの桐子の復讐も、彼女の人間を描いて余すところが無いが、その凌辱行為を訴えた桐子の内容証明付郵便を、担当検事から示された大塚も、その人間性をよく表明した。

○大塚欽三は、あらゆる弁護士界の役員を辞職し、つづいて弁護士という職業も辞した。彼は自分でそうしたのだが、表面の事情を知っている者は、高名な大塚欽三がその過失から余儀ない立場に追いやられたと信じた。
○大塚欽三は煉獄に身を置いた。河野径子が閉じ込められている牢獄よりも過酷であった。
○東京から桐子の消息が絶えた。

終章のこの一文に接すると、虚構の世界と知りながらも、思わず涙を誘われる。小説『霧の旗』は、人間描写において、格別優れた作品と、筆者には思われる。

その他、『霧の旗』におけるすぐれた点をあげれば、大塚弁護士と桐子、東京の一流弁護士と九州在住の若いOL、繋がりにくい二人の間に介在する青年、論想社編集部阿部啓一の設定である。話のスムーズな展開のために必要な設定を、公衆電話でのちょっとした触れ合いから取り込む巧みさ。個人的な肉親の愛情を、「貧乏人は裁判にも絶望しなければならないのか」と社会的な側面を強調して、大塚弁護士の心奥に迫っていく過程。あるいは、ほとんど聞き得なかった桐子の依頼の内容を、公判記録から詳細に把握する部分など、清張ならではの知識と構成は、今更とりたてて言うまでもないことであろう。

大塚弁護士との不本意な面会の翌朝、宿から出ての散歩の場面、

朝が早いから、人通りが少なかった。道は斜面になっていて甃石《しき》が敷いてある。道路に青海波を

重ねたような刻みがあり、黒くなった短い煙草が、その刻みの中に潰れていた。その泥だらけになって潰れているかたちが桐子に兄の現在を連想させた。

の叙述など、桐子の心情を巧みに反映させて、どんな美文にもまさる実感がある。箱根に投宿している大塚と径子を描写する場面、

大塚が笑っているとき、径子が、前の椅子に坐るために近づいてきた。が、ふと、大塚の投げ出している素足を見ると、「爪が延びてますわ」と、自分のスーツ・ケースのところに引き返した。径子のすらりとした姿は、宿の着物を着ていてもよく似合った。径子は、大塚の足許にしゃがんで、紙をひろげ、爪を剪《き》りはじめた。

「湯上がりだから、爪がやわらかいわ」

径子はつぶやく。爪を剪る音がしばらく続いた。蹈《かが》みこんでいる径子の髪は、まだ湯で濡れて光っていた。耳朶《じだ》の後の髪が水を吸って貼りついている。

形容詞をほとんど使わない具象的な文体の中で、大塚と径子の交情の細やかさが、繊細に描写されている。これらの、清張叙述の特徴は、あらためて指摘の必要も無いものであったかもしれない。

## 三　枝葉の記述

論想社社員の阿部啓一が、桐子にかかわる事件の状況を知るN新聞の記事、

キクさんは、この家に三十年も住んでいるが、十五年前、夫を失って以来、人に金を貸してその利子で生活しており、五年前に一人息子の隆太郎さんが妻子と共に別居してからは、ずっと独り暮らしであった。従って、犯人が物盗りの目的で侵入したとすれば、被害金品の明細がはっきり判らないので、係官も当惑している。現場は、犯人によって金品を物色された跡があり、タンスの抽出しも半開きになって乱れていた。

といった記述など、新聞記事とはとても見えない。阿部が（というより読者が）、事件の概要を正確に知るために必要な記述であったという事情もあるではあろうが、リアリティの問題としては、気になるところがある。

さらに、九州のこの事件の犯人が、公判記録を詳細に読んだ大塚によって、左利きであることが推理され、野球の名門K高校出身のサウスポー投手に、焦点が絞られていくあたり、清張らしい取り込みではあるけれど、安易ではなかろうか。犯人が左利きであることに気付くのも、レストランで径子と食事をしている時、外国人が左利きの子供に注意している場面から、ハッと気付かれるあたり、さ

ほどの重要な場面とも思いにくい。だいたい、九州で起きた桐子の兄柳田正夫が犯人とされた事件で、その犯人が解明されることが、この小説にとって必須の要素であるのだろうか。さらに言えば、この事件の犯人が実際に桐子の兄であってさえも、小説の意図としては、問題が無いのではなかろうか。問題は、桐子が「兄は無実である」と信じ切っているところにあり、むしろ、事実は犯人であるのに、「犯人ではない」と確信してやまない桐子の、大塚への根拠の無い復讐心とした方が、作品の意図に添うような気もする。

殺害された杉浦健次とその友人山上との関係も、丁寧に語られているとは言い難い。特に、径子と杉浦の密会の家で、なぜ杉浦が山上に殺されなければならなかったのか、そこら辺の説明がまったく無い。小説が記述するように、杉浦が殺害されて、直後に径子が訪れて犯人とされる、その設定さえあれば良いので…という訳にはいかないのではないだろうか。さらに、径子が殺人犯人として拘留され、それが、大塚弁護士の公私とものの失脚につながるという前提にも、ひっかかるものがある。

柳田桐子は、恐らく大塚欽三と河野径子との間を察知していたにちがいない。彼女は、当人にとって最も大事なものを破壊することによって打撃を与えたつもりであろう。大塚にとって大事なもの、それが河野径子である。もしそうだったら、見事にその計画的な攻撃は成功したと云わねばならない。径子は罪に問われた。大塚自身も世間から非難を受けた。家庭も崩壊した。今までの名声に比べて蕭条たる落魄《らくはく》である。

確かに、大塚にとって最も大事なものは河野径子であるけれど、桐子が径子の無実を証明しないだけで、径子が犯人とされる捜査とは、あまりに疎漏である。径子との男女関係に執着していたのは杉浦の方だし、径子に殺人の動機は皆無であり、法廷での問題となれば、優秀な大塚の弁護なら楽に無罪となる程度のものであろう。さらに、たとえ径子が殺人犯人であったとしても、その愛人であったことが露見して、どれほどに世間に糾弾される問題になるであろうか。大塚が殺人事件を起こした訳ではない。要するに、桐子が径子の無実の証明者とならないことが、さほどに大塚弁護士の致命的な失脚に繋がるように、説明抜きに結び付けられている。これらは、あまりに作者の誘導に従い過ぎた形で、冷静に考えれば、小説の展開そのものに疑問を呈するような問題が所在したことを、認めざるを得ないようなものであったとも、思われる。

小説『霧の旗』は、推理小説ではない。殺人は起きるけれど、犯人を推理する必要も、特には無い。殺人犯とされる人物は、作者によって示されるけれど、その殺人事件が起きることになった動機の、合理的な説明が示される訳でもない。その殺人事件によって窮地に追い込まれる径子、径子の愛人大塚の社会的な立場からの追放が実現されれば良い。径子がたとえ殺人犯であったとしても、その愛人であることが世間に知られたとしても、それが大塚弁護士を決定的に社会から追放するものでもないということも、先に述べた。だから、作品は、再度最後の舞台を用意せざるを得なかった。

「ぼくだと、君は目的を達したと思うなぁ」阿部は云った。

「いいえ、わたしだつたら、まだまだと思うわ。大塚さん、きっとまた立ち直ります。あのくらいの人だったら、社会的な生命を失うことはないでしょう。それだと、わたしなら気が済みませんわ。」

こうして、桐子のアパートでの、大塚の破廉恥行為の告発という形での、最終的な破滅を現実にする。その最後の場面が示すように、桐子と大塚の人間性の相克、それが終始語り続けられた作品と理解することが本質的な部分での把握と思われるし、実際に、そのように枝葉を切り落とした形での構成がなされたなら、より鮮明に『霧の旗』の意図を示す作品になったのではないか、そんな気がする。

## 四　女性小説

『霧の旗』は、冒頭に紹介したように、昭和三十四年七月から「婦人公論」に連載された小説である。この頃から、清張には、女性誌連載の小説が目立つようになる。清張のサービス精神とでも言える要素であるが、女性が主人公となるものが多い。女性誌小説も考慮すべき課題であるが、別章で触れることがあるので、この節では、女性主人公に注意してみたい。

女性が主人公的な立場である小説の、ごく初期のものとしては、別章にも取りあげた『火の記憶』が嚆矢となるものであろうか。ただし、この小説の登場人物の誰を主人公と認めるかは簡単ではない。

頼子か、頼子に告白をする夫の泰雄か、真相の推測をする河田か、泰雄の母か、記憶の中の人物である刑事か、見方によっては分かれると思うが、母親の二人の男への感情が語られるという意味で、泰雄の母親を主人公と認めたい。この場合のように、女性が主人公とは言いながら、人間関係の記述のなかで、愛情にかかわる女性の姿が描かれる、そのような場合が普通である。『情死傍観』『喪失』『箱根心中』『夜の足音』『氷雨』『願望』『波の塔』『潜在光景』『ガラスの城』『砂漠の塩』『入江の記憶』『内海の輪』『証明』『高台の家』『足袋』『式場の微笑』『見送って』『百円硬貨』『老公』など、女の愛と性を垣間見させる作品である。

女性が人間関係の中心で描かれる小説は、『地方紙を買う女』（昭32・4）あたりが、最初だろうか。同時期に『一年半待て』が書かれ、『凶器』『鉢植を買う女』『薄化粧の男』『けものみち』『大山詣』『ガラスの城』『証明』『神の里事件』と続く。女性が主人公になることは、殺人事件の実行者の立場で書かれるということとほぼ同じであるが、初期では、女性の必死の防御とか願望という抑制的な姿勢で書かれるという共通性がある。主人公の女性の、欲望的な感情で、よく言えば自立的な人間としての女性が書かれる時は、おおむね悪女の像となる。『土俗玩具』『小町鼓』から始まって『年下の男』『指』『死んだ馬』『強き蟻』『内なる線影』『礼遇の資格』『駈ける男』『馬を売る女』『お手玉』『黒革の手帳』『疑惑』『聖獣配列』といった、色と欲の小説群である。

女性が主人公となる小説で、愛欲の要素が稀薄な作品は比較的少ない。『大奥婦女記』『占領「鹿鳴館」の女たち』『統監』『肉鍋を食う女』『暗い血の旋舞』などは記録的要素の作品なのでこれを別とすれば、『菊枕』『花衣』などの女性評伝小説か、『再春』『誤訳』といった社会性小説。その他にもう一つあるのが、家族小説タイプの小説である。『球形の荒野』はその代表的なものであり、『小さな旅館』『喪失の儀礼』『火神被殺』『捜査圏外の条件』『呪術の渦巻文様』『詩城の旅びと』などはその系列。本節で考察を進めている『霧の旗』も、ここに分類できる作品と思う。これらは、娘や兄妹といった肉親への愛情が前提になっているので、それが結果として殺人事件に結びつく小説となっても、罪悪的な印象が稀薄、どこか爽やかに感じられる印象さえある。『霧の旗』に書かれる大塚弁護士の思わぬ災難にどのように同情し、桐子の病的な復讐心をいかに批判しても、どこか憎み切れない感情を覚えるのは、その辺の事情によるものであろう。

小説『霧の旗』に、最も近い性格の作品は、『詩城の旅びと』ではないかと思う。昭和六十三年、清張の晩年に書かれた小説である。『詩城の旅びと』も、銀行OL田島通子が、兄の親しい友人であったA（小宮栄二）とその恋人であったB子（現在は、トリオレ伯夫人高子）に対して、復讐の炎を燃やしているという話である。兄の敵として狙っている二人が、南仏プロヴァンス辺に潜伏しているらしいと見当をつけて、その所在を知るために、新聞社に「国際駅伝競走」を提案する。秀抜な冒頭叙述から始めて、詩情豊かな佳編であるが、田島通子の殺意の理由が分かりにくい。兄とAとの仲は、B子との関係で破綻した。B子がAを選んだのであれば、仕方のないことではないか。Aは、恋人であるB子を、画壇の大ボスである土屋良孝のもとに送って、毎年N展に入選するようになった。兄は、N展に落選続きだが、その絵を画商が何故か高く買ってくれた。土屋良孝は、落選した兄の絵とそっくりの絵をN展に出品して、画壇の評判をよんだ。土屋が薨じた後に、Aは没落しB子も姿を消した。田島通子が敵視して、兄の無念の復讐を誓うなら、それは冥下の土屋に向かうべきで、同じく土屋の犠牲者と言えないこともないAやB子に向かうというのは、理解しにくい。ここらあたり、桐子の大塚弁護士に対する、けっして揺るがない不条理な復讐心と、似通うところがある。

小説『霧の旗』が書かれたのが、昭和三十四年。その三十年後に、清張は、同じく肉親の兄への愛情を、復讐心に変えて生きる一人の女を小説の主人公にした。桐子も通子も、常識的には理解しにくい偏向の性格であるが、その思いを人生を生きるすべてとして、ひたむきに生きているという共通点がある。この共通点は、この両作品だけではなかった。『或る「小倉日記」伝』の田上耕作にしても、『菊枕』のぬいにしても、『断碑』の木村卓治にしても、『陸行水行』の浜中浩三にしても、どのような思いに支えられるかは別として、ひたすらに自分の思いに向けて生きたという姿は、共通している。清張が、小説『霧の旗』に託した感情は、「貧乏人は裁判にも絶望しなければいけないのか」というような社会性の問題などではまったくない。一人の人間が、一つの人生を懸命に生きている、その姿を書くのが小説であり、文学というものだ。清張が、最晩年になって、作家としての始発の時期に書いた小説を、ほとんど同じ形で再現して残したのは、そういう意味のものではなかったろうか。

# 第7章　七つの子　『球形の荒野』

昭和三十五年一月から翌年十二月までの二年間、「オール讀物」に連載された小説である。昭和三十二年発表の『点と線』によって、社会派推理小説家としての地位は確保したが、清張は、この作品に必ずしも満足する感情は持っていなかった。それは、殺人の動機を語るという、清張の主張を作品化した側面はあるものの、基本的に〝アリバイとアリバイ破り〟という要素に支えられる性格のものであったことが、彼の感情のなかに残っていたからである。その意味で、『球形の荒野』こそが〝清張の推理小説〟、そういう思いで書かれた作品であろうと、筆者は推測する。このことを念頭に置きながら、作品についての所感を述べたい。

## 一　三つの場面

清張作品の特徴である、冒頭と終末の場面描写。これは、この作品においても、健在である。健在であるどころか、清張作品のなかで、特に鮮明な叙述を見せている作品と評してもよい。阿刀田高氏も、この小説のとりわけ「冒頭とエンディング」の巧みさを指摘されている（『松本清張あらかると』中央公論社、平9）。

芦村節子は、西の京で電車を下りた。

ここに来るのも久しぶりだった。ホームから見える薬師寺の三重の塔も懐かしい。塔の下の松林におだやかな秋の陽が落ちている。ホームを出ると、薬師寺までは一本道である。道の横に古道具屋と茶店を兼ねたような家があり、戸棚の中には古い瓦などを並べていた。節子が八年前に見たときと同じである。昨日、並べた通りの位置に、そのまま置いてあるような店だった。

節子は、この小説のヒロインではない。脇役が登場して物語の幕を開いていくのも、清張作品の特徴の一つである。節子は、彼女の一番好きな「薬師寺から唐招提寺へ出る道」をたどり、その唐招提寺で、ふと気が向いて芳名帳に記帳しようとして、思いがけない人物に出会った。名前ではない。この世に生存していないはずのある人の「筆跡」を見たのである。北宋の書家米芾《べいふつ》の特徴ある書体を学んだ、叔父の筆跡。『点と線』での〝四分間の空白〟に匹敵する、印象鮮明な冒頭場面である。晩秋の古都の散策の気分から、読者はいきなり、節子と同じ郷愁の感情に導き入れられる。

清張作品の特徴である、冒頭と終末の場面描写と言ったけれど、この作品においては、さらに今一つ、小説の中途で、顕著に印象的な叙述がある。ヒロイン野上久美子が、未知の女性からの書信を得て向かった、京都・南禅寺の場面である。久美子が会おうとしている人物が、「亡き」父親であることを、読者もすでに予感している。

時計を見ると、まさに十一時だった。久美子は、その径から山門のほうへ歩いた。松林になっていて、殆どが赤松である。下に短い植物が群がっていた。

午近い陽射しだったが、光は弱かった。秋なのである。光線は松林の間から洩れて、草と、白い地上に明暗の斑をつくっていた。

待ち合わせの南禅寺山門辺の描写である。実景が目に浮かんでくるのは、筆者がたまたま良く知る場所のせいだけでもないだろう。読者は、山門辺の松林の間を、久美子と一緒に逍遙している気分になる。それらしい人との出会いはなかった。出会いを諦めた久美子が、南禅寺の石庭で「勾欄のすぐ近くまで来て、板の上に腰を下ろしている一組の外人夫婦」を見る。敏感な読者なら、すぐに察知したであろうが、無量の感情が語られる空間の描写である。

そして、作品の終末。三浦半島の突端、浦賀の観音崎の場面。読者はすでに了解している。野上顕一郎が、この世の愛執に、最後の決別を告げる場面である。

勾配の頂点を下りると、突然、目の前に燈台が大きく入った。それは、海に迫った崖の上に建っていた。陽を受けた燈台の白堊が青い空にくっきりと輝き出ていた。

すぐ下の海岸は、浸食岩が茶色っぽい肌を見せている。板をジグザグに積み上げたような恰好で海にさし出ていた。

変哲のない自然描写であるが、
　海の水が押し寄せてきて岩と岩との間に流れ込んだ。それが忽ち川のようになって元へ逆流するのだった。蟹が匍っていた。潮の匂いが強い。
　久美子は、ふと、どこかで自分に注がれている視線を感じた。自分の立っている正面の岩ではない。そこには、若い二人が写真を撮り合っている。
万感の噴出する情景である。久美子は知らない。父親は、「赤い兎の絵のついた、小っちゃな鞄を肩に掛け、防空頭巾に、母親のお古を仕立てたモンペ」をはいて見送ってくれた、幼稚園児であった娘と、同じ岩に並んで話している。彼が人生を生きていると実感する、最後の時間である。〝老紳士〟が子供の頃に習った歌だと言って、低声で歌う。
　カラス、なぜなくの
　カラスは山に
　かわいい七ツの子があるからよ
下町の大衆演劇のような、素朴で見え透いた場面だが、落涙を禁じ得ない。野上顕一郎の感情の抑制に、読者は、息苦しいほどの共感を覚える。『球形の荒野』が語り続けてきたもののすべてが、この最後の場面に、重苦しく、悲しく、また激しく、集積して叙述されている。

## 二　善良の人々

ヒロイン野上久美子の描写を見る。

「二人でご馳走になるのは、なんだか気がひけますわ」

久美子のその気持は、節子にも分からないではなかった。つまり、初めて連れて来る男の友達と一緒に節子の家で昼飯を食べるのが、なにか意味ありげに取られそうなのを嫌っているのだ。近頃の若い人はそういうことに平気だと聞いたが、久美子にはそのような古風なところがまだあった。

久美子が、恋人の添田と一緒に叔母の節子の家を訪問するところである。母子家庭の一人娘だが、古風に礼儀をわきまえた娘である。恋人のことを叔母に伝えるところも、「恥かしいことがあるの」と、声が「すこし小さくなる」ような娘だった。久美子をモデルにと望んだ画家が、電車から降りて久美子のあとをつけて家を見届けたことを聞いて、「まるで、不良のすることだわ」と顔をしかめ、モデルをつとめている間、家政婦が休むと聞いて「思わず、顔色を変えそうになっ」たり、京都のホテルで隣室が男客と知って「無意識のうちに眼が部屋の構造を確かめ」る娘だった。

それは、臆病で小心な娘、という意味ではない。彼女は、「始終、微笑を消さない」おとなしい娘で、「素直で快活で明る」く、「赤いワンピースの後ろ姿を翻して、奥に駆け込んだ」り、添田と横浜に出向いた時は「いつもはつけたことのない真珠の頸飾」をしたりする、若さが匂うようなお嬢さんである。素朴ながらフランス語の会話も出来るが、そんな素振りは表に出ない、謙虚な女性である。滝良精の依頼を即答の形で受け入れた母親を「失望させたくない」気持で、モデルを承諾するやさしい心根の娘で、「悧口な子」だから、父親の影にほぼ気付きながらも自分の心に秘めて行動する意志的な面もある。小説が記すように、まさに、若くて快活な「良家の娘」である。

小説『球形の荒野』の魅力を支える要素に、このヒロイン久美子が存在することは確かだが、筆者は、久美子を含めた人間関係全体に、それを感じる。久美子の叔母の芦村節子は、冒頭の場面で顕一郎の筆跡を見て、唐招提寺から橘寺・安居院とめぐり、さらに芳名帳の筆跡を確認する。「死んだ叔父」は、節子に「古い寺の美しさ」を教えてくれた人だった。「節子、いつか連れて行ってやるぞ」と口癖にように言ってくれた。節子のひそかな慕情を感じさせる記述である。奈良から帰った節子が、亡き叔父の妻である孝子に会って、その「妙な体験」を口にする。「節子は、ここで叔父の筆跡のことを話していいかどうか、逡巡《ためら》った」と記している。そのことを伝えるために、この場面が設定されているのだから、逡巡のままに終わらないのは当然だが、相手の心に落ちるものを測ってためらうところに、相手を思いやる心のやさしさが、ひそかに語られている。

節子から筆跡のことを聞いた孝子も、「珍しいわね。ああいう字を書く人は、ほかに、あまりないと思ったけれど」と答えながら、関心を示さない。「却って、心残りだわ」と言って、一笑に付す。夫の性癖を知悉する妻であれば、その〝可能性〟を真っ先に感じた孝子であったはずである。画家のモデルを娘に聞くまでもなく応諾した態度や、久美子の京都行を誘う不審な手紙に、むしろ〝ある確信〟を持って娘を送り出す母親の態度に、それを感じることができる。しかし彼女は、最初から最後まで、娘の幸福を願う平凡な母親の態度を、崩すことが無い。孝子が夫の生存を知ることの波紋は、夫顕一郎の苦悩をむしろ結果することになる。そこまで察知しながら、日常に安堵して生きている母親を、意識して演じている。そのように考えるなら、抑制する感情は、夫よりも、激しく悲しいものであるかも知れない。

節子から、顕一郎の筆跡のことを聞いた夫の亮一は、「なるほど、叔父さんは、君の古寺巡礼の師匠だったね」「地下の叔父さんは喜ぶだろう。そりゃ、ご苦労さまだった」と茶化しながら、妻の心の底を推測するところもあっただろう。顕一郎の生存を予感したのも早かった。久美子の京都行の時点では、すでにかなり確信の部分があったはずであるが、強く主張して、警視庁の警部を護衛に同行させた。そのことが父娘の出会いを結果的に不能にした訳であるが、若い姪の危難を心配する感情は自然であろう。亮一が、妻を含めた家族に深い愛情を持つことは、福岡の海岸での顕一郎との出会いの場面に、鮮明に描写されている。叔父に、せめて愛娘とのひそかな対面だけは叶えたいと、懸命に説得する。それもならず帰京した亮一は、口実をつけてTホテルでの夕食に三人を誘ったが、心内の思いは、口にすることが出来なかった。ある程度状況を推測しているらしい新聞記者の添田に電話して、大学近くのレストランで会うが、口に出せずに、不得要領の時間が過ぎた。自分の心と、相手の心と、思いやる心情がここでも活写されている。

久美子の恋人添田も、突然自分を呼び出した助教授との対面の後、「自分の心理を芦村亮一に置きかえてみ」て、亮一の心を知った。「後悔が添田の胸に湧いた」。相手の気持を思いやりながら、そのために迷ってしまった悔恨。添田も、そういう心やさしい人間として描写されている。添田の戦時外交への関心も、実は、恋人への愛情の別表現である。孝子から、久美子と一緒の歌舞伎を誘われた時、「添田はふと気付い」て、「折角ですが」と断る。その切符の意味に、早くも気付いたからである。しかし、そのことを不用意に口にすることはなく、ひそかに歌舞伎座の暗闇に立つ。彼自身で起きている事実をまず確認する。それが、久美子への愛の証でもあった。京都から悄然と帰ってきた久美子を、散歩に連れ出してくれと母親に言われた添田は、思わず「頬を赧らめ」る青年でもあった。添田と久美子は、よく「頬を赧らめ」合う恋人たちだ。そのことは、二人の感情がほのかにささやかであることを言っているのではない。それだけ心が結ばれた、慎み深い感情であることを語っている。

『球形の荒野』の作品としての魅力は、質素な中流家庭をめぐる人間関係が、いかにも暖かく描写されているところにもある。小説としての本題は、もちろんここにあるのではない。けれど、この互いを思いやる人間関係は、この小説の情感を支える重要な要素となっている。これは、当初添田に冷淡であった、外務省欧亜局課長の村尾や、世界文化交流連盟常任理事の滝についても言える。彼らの、元外交官の消息についての頑強な秘匿《ひとく》は、顕一郎への個人としての思いやりと、歴史への義務感に支えられた、彼らにもぎりぎりの感情であった。添田が、久美子の〝夫〟になる若者だと知った時の、村尾の「それは知らなかった」という言葉の裏に、筆者は、深い人間感情を感じる。

心を交わし合う、この小説のそういう描写を、一つくらい紹介しておきたい。

久美子の声は、一寸、そこで跡切れたが、

「明日、日曜ですが、お伺いしてもいいかしら。ああ、お義兄さまがいらっしゃるのね？」

久美子は、節子の夫もそう呼んでいた。

「うちは、何だか学校の用事があるとか言って、明日は居ないわ」

節子がつづけて話そうとすると、

「よかった！」と久美子の声がそれを遮った。

「お義兄さま、いらっしゃらない方が都合がいいの。ちょっと、恥ずかしいことがあるの」

「え、何なのよ？」

「久美子のお友だちを連れて行きたいんです。その人、新聞社につとめてるんですけど、お姉さまの奈良での話をしたら、とても、興味をもったんです」

「新聞社の人？」

「いやだわ、お姉さま、ママからお聴きになったでしょ?」

久美子の声は、そこですこし小さくなった。節子は、電話を切ったあと、久美子の男友達の新聞記者が、なぜ、叔父に似た筆蹟に興味をもったのか、気がかりになった。

親しいなかにも、礼儀を弁えた言語表現。その端々にうかがえる感情の動き。ひっそりと存在する、日本の上品な中流家庭が叙述されている。いかにも育ちの良さを感じさせる、自然で落ち着いた会話の敬意表現なども、この作品の魅力の要素と感じている。「清張さんも会話がすごく上手…巧みな作家ですね」という発言がある(井上ひさし・座談会「松本清張と菊池寛」、「松本清張研究」第二号、平13)。清張ミステリーが女性読者に支持される要素とも説明されている(藤井淑禎「清張ミステリーと女性読者」、「松本清張研究」第三号、平14)。

## 三　秘密の終戦工作

清張はかねがね、自分の推理小説の特徴は、動機を重視することだと述べている。殺人の動機などというものは、個人のレベルでは、結局のところ名誉・金銭・性といった欲望から出ることは無い。動機が個人のレベルを超えるものになって、読者に十分訴える内容を持った時に、社会派推理小説の内容を伴うものになる。『球形の荒野』は、太平洋戦争の末期、終戦工作に携わった一外交官の人生を、その社会性の極としている。彼は、彼なりの〝愛国心〟で、祖国を破滅から救う行動に挺身した。それは、祖国を敵の手に売り渡すスパイ行為とも見られる内容になっていた。彼の意志が、結果的に、敵国の諜報活動に乗せられたというところもあったであろう。しかし彼は、祖国が、復興の余地もないほどに破壊され尽くしてしまわないうちに終戦を迎えることへの奔走を、外交官としての使命と信じた。戦前の、侵略による国土膨張一辺倒の軍事独裁国家が、戦勝によってこの世に存在するとは、想像するだに恐怖である。野上顕一郎の判断は、結果として見るところもあるが、真の愛国心に基づく行為であったと評し得る。ただし、現実には「無名の一書記官が敵陣に乗り込んで、謀略的に終戦を促進することは、日本の場合は到底考え得なかった」（加瀬俊一、松本清張全集6「解説」、文藝春秋、昭46）そうであるが。

しかし、その外交官の終戦工作たるや、反面、祖国の敗戦工作である。国家をあげての戦時体制にあって、敵国と交戦状態にある時に、敵の勝利に手を貸す行為が、しかも国家を代表する立場である外交官によってなされる。それが、どれほどの糾弾に価する行為か、それを憤激する立場が存在することも、当然のものとして推測できる。顕一郎を狙う暗黒組織にも、その追求にそれなりの正当性がある。『球形の荒野』の社会性が読者に理解される内容を持ったことが、この作品の推理小説としての成功の要素になっている。

外交官野上顕一郎は、自分の行為が祖国を破滅から救うものとの信念は持ちながら、祖国の敗戦を導く背信者として指弾されて当然のものとの、認識も持っている。彼は、自分自身を抹殺することで、自らに罰を課す。野上顕一郎は、特攻機で敵艦に激突する若者と同じ愛国の心を持って、自らを消滅させたのであるが、特攻隊員と違うところは、その時点で命の消滅がなかったことである。生きながら死したと同じ顕一郎に、抹殺したはずの過去の世界を、一瞬でも垣間見て死にたいという感情が起きたとしても、それを非難できる人はいないだろう。『球形の荒野』は、前述の社会性とともに、この人間的な切実の感情によって、作品の世界が支えられている。

両要素の結合がまた、絶妙な巧みさでなされている。節子が唐招提寺の芳名帳で、米芾《べいふつ》を手本とした特徴ある筆跡を見て、顕一郎の生存をかすかに察知する、巧妙な発端である。そのことを節子から聞いた、夫の亮一、叔母の孝子と娘の久美子、久美子の恋人添田、それぞれが、感じた内面は隠しながら、求める心と思いやる心に揺れ動く。それらが、愛情関係に結ばれた好ましい家族関係のなかで描写されている小説の魅力は、先に述べた。

このあたり、どれほどに称賛してもよい筆致ではあるけれど、実を言えば、不自然に感じるところを指摘できないことも無い。絶妙の発端である唐招提寺の芳名帳。すでに十五年前に戦死公報を受けて、誰もが死亡と信じている人の存在を、酷似した筆跡を見ただけで、すぐ察知できるものであろうか。郷原宏氏は、「普通にはちょっと考えられない」（「二つの海」、「松本清張研究」vol.３、平９）と、疑義を呈しておられる。筆跡は、人によってきわめて特徴的で、容易に判別できるという面もあるが、この場合は、顕一郎が手本にしていた米芾《べいふつ》という人の書体が特徴的なのであって、意地悪く言えば、〃米芾風《べいふつ》〃という前提のもとでは、一般的な書体と言うことも出来る。節子は、鋭敏に察知して、橘寺・安居院に向かう。安居院で筆跡を見ては、節子はすでに確信の状態にある。小説の展開の必要とは言いながら、やや強引の印象はあると思う。

節子の体験を久美子から聞いた添田は、「新聞記者というものは人生に興味を持つことによってその職業が成立する」と言いながら、「戦時中の日本外交のことについて、日ごろから少し調べてみたいと思っていた」として、翻然と行動を開始する。顕一郎の遺骨を抱いて帰国した村尾を外務省に訪ね、上野の図書館で、職員録から顕一郎と同じ公館勤務の職員全員の名を割り出し、駐在武官伊東中佐のほかは全員死亡を確認する。伊東中佐の消息のみ知れず、同僚から、同じ新聞社の論説委員滝良精の名を聞いて、早速に訪ねる。その後、滝を浅間温泉に訪ねたり、京都での事件の静養中の村尾を伊豆に訪ねたり、関心のままに真実を追究する新聞記者（本当にそうだろうか）という設定ではあるが、都合良過ぎる進行という印象はありそうである。

不自然に思われる設定もある。武蔵野の雑木林の殺害事件での身元不明の被害者を、品川駅近くの旅宿主人の「筒井源三郎」が、捜査本部に届け出る必要は、まったく無い。放置しておいて、万一自分の旅館に泊まっていた客であったことが判明しても、そこの主人に、何らかの嫌疑がかけられるという状況ではない。身元を示すものが何もない殺人事件の新聞記事を見て、「自分のところに泊まった客らしい」とすぐに届け出られる態度の方が、むしろ不審である。さらに、記事を見た添田が訪ねて来ての質問に、伊東が上京して来て後、青山と田園調布の方に出かけたと正直に答えているのもおかしい。この青山と田園調布が、村尾と滝の住所地であることは、簡単に判明する。伊東を殺害するほどに、顕一郎を懸命に守ろうとしていた元書記官門田源一郎（筒井源三郎の正体）なのに、自ら秘密を暴露する態度は、不可解である。

武蔵野の名残の残る世田谷の雑木林の中で、元武官が絞殺されたというのも、自然ではない。殺害者は、同じ公館に勤めていた、元書記官である。二人の体格の優劣は、常識的に推測できる。元武官は、〝裏切者〟の元外交官への襲撃に燃えて、あわてて奈良から飛び出してきたほどの過激な性格である。元書記官は、村尾や滝と気脈を通じて、顕一郎の所在を隠そうとしている。その疑いの気持を持ちながら、郊外の夜の山林のなかで、元同僚のその文官に、やすやすと絞殺されるという状況が、推測しがたい。行方不明になっている門田を、だれもが死亡と認めていたのに、もともと対立していた立場の伊東だけがその所在を探し当てるまでもなく知っていた、というのも不自然である。

笹島画伯が久美子を絵のモデルとして、広縁でスケッチをしている時、顕一郎が、老雑役夫の姿で、ひそかに娘の姿を見ていたというのは、胸を打たれる場面ではある。しかし、その老画伯が、三日目の朝に急死していたというのは、唐突過ぎる。睡眠薬を常用していた人が、致死量を服薬しての過失死ということは、あり得ない。警察の「自殺」認定にもかかわらず、「他殺」が明らかであるが、なぜ殺されなければならないかの説明が、なされていない。小説は、村尾や滝への脅しのように書いている。事実、滝は浅間温泉に一時避難した。村尾も、京都のホテルで銃撃される。これが脅しであったとして、どのように脅しになっているのか、まったく無関係の人物が簡単に殺されなければならなかったことについて、少しは説明の記述をなすべきである。彼らの憤激の対象が、顕一郎にあることは分かるが、顕一郎と意志を共通にして行動した村尾や滝も、どうして同罪と見做さないのか。小説は、顕一郎の終戦工作が、けっして一外交官の独断で行なえるものでないことも、記述していた。顕一郎に指令した上部の立場の存在も推測させていた。それなのになぜ、顕一郎の存在のみに敵意が集中するのか。彼らが本当に敵意を持ってあたるべき本体は別にある。それらのことについても、説明されることが無い。

要するに、小説の設定である。自らの存在を抹消した一人の人間が、僅かに生きた証を求めるがごとく、過去に生きた時間の一瞬を肌身に感じようとする。それは、切なる感情である。モンペをはいた幼稚園児の記憶しかない娘を一目見てという、その感情は、誰にも分かる。その一個人の感情を許容しない、国家と組織の非情。それらを鮮明に描くためのサスペンスであることは、承知している。これこそがむしろ推理小説の技法というものかも知れないということも、一応了解している。了解はしていながら、それでも、釈然としない些末の部分のことに触れないままではいられなかった。

## 四　外交官・野上顕一郎

推理小説の常套であろうが、事件の核心になる人物の紹介が、それとなく仄めかして語られる。学会に出席する夫と別れて、大和路をめぐる節子に、奈良の古寺の魅力を教えた叔父、中立国での外交任務に従っていて病没した叔父を想起させる。柔道三段の体格のよい叔父だった。後になると、この記述も意味を持ってくる。その叔父の筆跡を、唐招提寺の芳名帳で発見する。節子が、急に思い立って、橘寺から安居院をめぐり、さらに叔父の筆跡を発見するあたりで、読者は、この小説の中心が、〝病没〟したとされる外交官の周辺にあることを察知する。恋人の久美子からこの体験を聞いて、新聞記者の添田が俄然戦時中の日本外交に関心を持ったというような進行まで来ると、外交官の〝病没〟そのものにも疑惑があり、〝病没〟したとされる外交官が、生きて日本に帰り、生き別れになっている娘に、ひそかに再会を願っている小説だと、敏感な読者なら気付く。

久美子が、母親と一緒に歌舞伎に出かけた時、そこに何かの出会いが設定してあったと、これも読者は推測しただろう。だが、目に見えるような出来事はなかった。

そのとき、外国人の一群が入って来た。いずれも夫婦連れのようである。添田は、その十人ばかりの人たちをぼんやりと見ていた。

こんな記述に気付くのは、この小説を何度も読み返して後のことである。久美子が笹島画伯の絵のモデルになっていた時に、

ふと見ると、庭の花壇の間に人が動いている。これは老人の雑役夫で、花の手入れをしているのだった。何時も後向きになって、画家の仕事の邪魔にならないように気を配って、目立たぬように花の間に動いている。

この記述にも、敏感な読者はすでに察知していたのだろうか。久美子を京都に誘う手紙は、小説でも「不自然な好意」としているが、感じるところのある久美子は、一人出向く決心をする。ここに、この小説の山場が設定されているらしいとは、誰もが感じる。しかし、久美子の身には、変化はなかった。ここでも、山門の辺でガイドの案内を聞いている「外人観光客」が書かれ、南禅寺の庭を観賞している、落ち着いた「一組の外人夫婦」の記述があり、苔寺では、外国人離れした日本語でサヨナラと言った「外国婦人」のことが記述されていた。

これらの描写に、この世からの消滅を決心しながら、それでも、一瞬の〝生〟の感情の願いを持った顕一郎の、抑制した思いを感じ、その思いへの共感を誘うものとして、巧みな演出場面に感心することは出来るのだけれど、敢えて、読者をシラケさせるかも知れない発言をしてみたい。

外交官野上顕一郎は、祖国を破滅から救う愛国心で、終戦工作に挺身した。現在の歴史認識から判断して、それは、祖国の平和を祈念する正当な行為であり、外交官としてかくあるべきと評し得る態

度であった。しかし、交戦中の敵国に情報を流し、多くの同胞の血を流させたとの自責から、自身のこの世からの消滅を決意し、そして実行した。彼の高貴な愛国心は、称揚に価する。この世に知られず無名に没した外交官の行為が、いつの日にか世に知られるものとなった時に、彼の生涯は、祖国の運命に殉じた崇高なものであったと、仰がれるであろう。彼は、一度決心した自らの人生を、守り切らなくてはならなかった。彼は、その時点で、〝死んだ〟のだから。

ところが彼は、消滅したはずの人生の、一瞬の回帰を願った。本当の消滅の時を迎える心のために、せめて一瞬の〝生〟をという感情は、分からない訳でない。と言うより、読者のその共感が、小説を支える文学性となっている。そのことは認めたうえで、野上顕一郎は、やはり帰国すべきでなかったと言わざるを得ない。自身の人生を消滅させた覚悟は、最後まで、それを貫いてこそ価値がある。それが終末に至らないうちにへなへなと崩れては、自身への責任だけでなく、他者に与えた人生への責任も問われるだろう。顕一郎の今更ながらの感情のために、三人の人間が命を落とし、一人が負傷し、一人が失職した。さらに、孝子・久美子・節子に与えた心の波紋は、ただ不必要な動揺をしか生じさせていない。

実を言うと、それらの波紋のない形で、顕一郎が密かな願いをかなえることも、出来ないことではなかった。二人の旧友に連絡を取ることなく、ひそかに帰国して、通勤途中の久美子とか、喫茶店で友達と談笑している久美子とか、そういう姿を身近に観察することは出来た。それなのに、大和路の古寺の芳名帳に記帳したり、歌舞伎に招待したり、画家のモデルに依頼してみたり、思わせぶりな京都への旅行を誘ったり、ストーカーのような三度の無言電話に及んだり、顕一郎の心の優柔不断が理解しかねる。公館での上司であった寺島公使の墓前に詣でた時、偶然に、節子の夫亮一が学会で福岡に来ていることを新聞で知り、すぐに旅館に伝言を頼む。対面した亮一に、人生の消滅の事情を訊かれると、「こんな話をするために、忙しい君を呼んだのではない」と言う。顕一郎の〃蘇生〃を亮一がしきりに勧めると、「議論にならない。君と会ったことを後悔したくなる」と言う。それならなぜ対面を求めて来たのかというと、「わたしが生きているということを、自分の身内の誰かにそっと知らせておきたかったのさ」という説明をする。亮一なら、男だから「女のように取り乱さないだろうから」というのである。ここまで来たら、再び生き返って日本人として晩年を終わりたいとか、それが出来ない事情なら、せめて妻や娘と最後の対面だけでも実現したいとか、それも出来ないなら、亮一の申し出のように、ひそかに久美子とだけ出会って、この世の惜別をするとか、なんらかの意志を明示すべきである。「自分が生きている」ということを知らせることで、顕一郎はいったい何を欲しているのか。迷いと秘密の苦悩を、与えただけのことではないか。田村栄氏は、主観的な感想ではあるが、「最初に読んだ時からこの場面はない方がいいのではないかと思われた」(『松本清張　その人生と文学』、啓隆閣新社、昭51)と述べられていた。小説のなかでも、処理し得ない感情に苦慮する亮一の姿が、記述されている。

これらの言い方は、『球形の荒野』に対する的はずれの批判であろうと思う。この作品は、判然としない出会い場面を展開させながら、そこに、個人の立場や感情を平然と抹殺する国家とか組織とかの意志と、「会いたいけれど会えない」父親の、抑制のほかない愛情と苦悩を対立的に描いていく、そういう意図を持って描かれている作品なのだという説明をされたら、筆者には、もう反論の気持はない。ただ、人物描写の問題として言えば、終戦工作のなかで自らを消滅させた時の、顕一郎の崇高で意志的な人物像の輪郭は、かなりに陰影を感じにくいものに変わっている。それぐらいは、述べておきたい気持になった。先に紹介した田村氏は、ここでも「今も孤独の様相を描き切ることに徹した作品にした方が、反戦平和のテーマの迫真性も深まったであろう」（前掲）と述べておられる。筆者もそう思うが、この小説が「反戦平和のテーマ」の持つ作品であるかどうかは、多分疑問と言われる気がする。

## 五　推理小説

『球形の荒野』は、清張作品の特徴をよく出した、すぐれた推理小説である。冒頭の書家米芾《べいふつ》を習った筆跡を古寺の芳名帳に見る場面や、妻の古寺巡礼を『万葉集』を思い浮かべて「佐保路のあたりはどうだった」という亮一の問いかけ、郡山近くに来るたびに添田は許六の句を想い出すといった高踏趣味の記述も、清張作品の特徴の一つである。その上に、この作品では、山の手の教養ある中流家庭の人々の心の交流が、しっとりと記述されている。娘の恋人は新聞記者で、その叔母の夫は、医学部教授である。平和な中流家庭の日常の叙述だけでも、この小説を読み進めていく魅力があり、情緒がある。向田邦子の世界と言えるかもしれない。

ところが、松本清張は推理小説作家である。清張には、「小説というものは面白くなければならない」という自縛観念がある。面白さという要素も、多様である。小津安二郎の映像描写に通うような小説も、それも面白さに通じる魅力である。清張の推理小説は、展開と結末が分かっていても、何度でも繰り返して読んで楽しめるところがある。それは、モーツァルトの旋律を聴いているような雰囲気で、この高雅な表現世界のなかにいることが快いと感じるような、楽しさである。虚飾のない語り、我々の家庭にさほど変わらない日常性、それが、清張の叙述に誘われる要素であることも、我々のよく感じるところである。だから、この『球形の荒野』や『ゼロの焦点』の冒頭に接していると、これが最後まで続いていても何の不満もない、という気持で読み進められる。これは、清張作品の魅力の、最も大なるものである。

それなのに清張は、そこにどうしても〝推理小説〟を持ち込まざるを得ない。加瀬氏は、「推理小説に殺人はつきものであるから、これがあるために、私は推理小説をあまり好きになれない」(前掲、一四六頁)と言われている。筆者も、同類の人種である。無用の意識であると、再三述べたりしたのだけれど（『松本清張作品研究』、和泉書院、平20）、これは、作家である清張にとっては〝業〟のようなものらしい。『球形の荒野』でも、この中流家庭の平和を乱す事件が、持ち込まれる。事件の格調は高い。事件の内容が、男女の愛欲や金・権力といった卑近な欲望でなかったことが、この小説の品格を保たせている。けれど、先にも呟いたように、この小説の主人公に、失われた人生の一瞬の感動を与えて、せめての訣別をさせてやるというのが本旨なら、思わせぶりな場面設定をして、不必要に波紋を広げる必要は、まったくなかった。古寺での芳名帳記帳くらいの不用意は許すとして、他には、愛娘の成長した姿をひそかに観察し、目立たぬように寺島公使墓の参詣を済ませ、誰にも知られず日本を離れれば、済む話である。そういう顕一郎の思いと行動にもかかわらず、不慮に事件が起きてしまったという進行なら、この小説の現実性は、どれだけ救われたか知れない。清張なら、そういう作品にすることは出来た。そう思うと残念である。

けれど、別に考えてみる。先に、この作品の冒頭と終末、さらに中間部での場面描写の鮮明さを、作品の魅力の一つとして紹介した。清張にとって、これらの場面描写が、作品の感動をたかめる要素として書かれたものでなくて、もしかして、これらの叙述をなすことを目的としてこの作品が書かれたとしたら、そう考えたらどうであろうか。『球形の荒野』における印象的な叙述場面は、上記の三場面だけではない。歌舞伎座の座席に隣り合う孝子と久美子、笹島画伯の絵のモデルになって、広縁の藤椅子に掛ける久美子、茫洋とした玄界灘を並んで見やりながら語る顕一郎と亮一、これらも、この上なく鮮明かつ絵画的である。これらの場面に、顕一郎がすべて登場するのは、偶然であろうか。もしかして、清張は、これらの場面の描写を意図して、この小説を書いたのであろうか。六幕物の戯曲である。それぞれそのまま舞台に再現できる豊かな場面性を持っている。菊池寛の『父帰る』を思い出す。清張の脳裏に、菊池寛があったかどうか定かでないが、『球形の荒野』は、いかにも清張流『父帰る』の作品になっている。筆者はこの舞台を、小学生の時に、瀬戸内の小都市の神社の境内で青年団の若者たちの村芝居として観劇した経験がある。

清張作品の特徴の一つとして、場面性ということが、よく指摘される。彼の作品が数多く映像化され、すぐれた作品を世に送り出したのは周知のことであるが、清張の創作態度にも、鮮明な場面描写という意識がつねに内心にあったように思われる。映画評論家の白井佳夫氏に「清張さんの小説というのは、文字で書かれていながら、とても影像的ですね」（対談「松本清張の小説映画化の秘密」、「松本清張研究」創刊号、平8）という発言がある。『球形の荒野』の場合も、それが特徴的に表れた作品の一つである。その場面描写が、清張の意図の通り、この作品の感動を誘う要素になって十分な働きをなしたことは確かだが、それらの場面は、顕一郎にとって必ずしも必須に要請される場面ではなかったとは思う。そのことについての、再度の説明はしない。

# 第8章　新探偵小説『砂の器』

小説『砂の器』は、昭和三十五年五月十七日から翌三十六年四月二十日まで、ほぼ一年間にわたって、「読売新聞」夕刊に連載された新聞小説である。清張五十一歳、流行作家の頂点に立って、新聞小説らしい配慮も見せ、工夫もした作品であるが、筆者には、清張作品の長所・短所の特徴の両方が、顕著に存在しているように感じられる。それらのことを、説明したい。

## 一　場末のバーと羽田空港

まず、長所の方を述べたい。清張作品の冒頭と終末の描写である。冒頭のよく知られた場面。

国電蒲田駅近くの横丁だった。間口の狭いトリスバーが一軒、窓に灯を映していた。十一時過ぎの蒲田駅界隈は、普通の商店がほとんど戸を入れ、スズラン灯の灯だけが残っている。これから少し先に行くと、食べもの屋の多い横丁になって、小さなバーが軒をならべているが、そのバーだけはぽつんと、そこから離れていた。

という記述から始まる。トリスバーの片隅のボックスに坐った二人の客、「一人はだいぶくたびれた紺の背広を、もう一人は、淡いグレイのスポーツシャツを着ていた」、白髪まじりの年配の男性が、翌朝、蒲田操車場で惨殺死体となって発見された。ボックス横を通りかかった女給が耳に挟んだ、

「カメダは今も相変わらずでしょうね。」

という言葉から、東北弁の手がかりで、東北地方の「亀田」姓を洗い上げ、さらに、それは地名ではないかというヒントで、秋田県の「羽後亀田」、さらにそれが、出雲地方にのみ存在する東北弁近似の方言から、島根県の「亀嵩」の発見に繋がっていく。情緒的な雰囲気をも感じさせながら、読者を作品の世界に誘い込んでいく清張手法は、この作品においても顕著な特徴になっている。

冒頭と同じく、終末の終わり方も、清張作品の特徴である。『砂の器』の場合、羽田空港の国際線ロビー、二十二時発サンフランシスコ行パン・アメリカン機を見送る華やかな場面描写になっている。作曲界の異色のホープ和賀英良が、許嫁者の田所佐知子と寄り添い、「新婚旅行のようだ」と冷やかされながら、佐知子の父の農林大臣田所重喜と周辺の政治家たち、ヌーボー・グループと称される若手芸術家たち、それを取り巻く若い女性たちの群れ、この上なく華麗な人生始発のその場所に、英良は立てない。

吉村はポケットから封筒を出し、中の書類を出して作曲家に示した。和賀英良は、ふるえそうな手でそれを取り、動揺した視線を走らせた。逮捕状だった。理由は殺人罪の疑いとなっている。

見ているうちに和賀英良の顔から血の気が引き、瞳がポカンと宙に浮いた。

「手錠は掛けません。表に署の車が待たせてありますから、おいでを願います。」

吉村は、親しい友人のように彼の背中へ手を回した。

今西栄太郎は、和賀の片側にぴたりと寄り添った。一言もものを言わなかった。表情も変わらないが、目だけがうるんでいた。

ほかの乗客が怪訝そうに、元の道へ戻っていく三人連れを見送った。

この作品を、刑事今西とともに歩んだ気になっている読者には、今西の目のうるみを共に感じるような、秀抜の描写である。そして「きれいな女の声で場内アナウンス」が流れる。

「和賀英良さまは急用が起こりまして、今度の飛行機にはお乗りになりません。」ゆっくりとした調子の、音楽のように美しい抑揚だった。

小説『砂の器』を、作品の冒頭、それから終末、独特の導入と余韻を感じさせる場面描写の清張作品の特徴が、よく示された作品の例として、まず紹介しておきたい。なお、場面描写と直接関係ないが、鈴木貞美氏に、「大江健三郎や石原慎太郎、江藤淳らが名乗った〝若い日本の会〟に対する松本清張のイメージが、この前衛芸術家集団のイメージにどこかで重なりあっているように思える」(「酷薄と錯誤―『砂の器』をめぐって」、「松本清張研究」vol.4、平10)といった意見がある。佐藤泉「一九六〇年代のアクチュアリティ／リアリティ」(「現代思想」三三巻三号、平17)でも似たような発言がある。妥当かどうか筆者には意見がない、紹介のみ。

## 二　日本版コロンボ刑事

次に、文学作品の条件としての人物描写であるが、これも、かなり高い質を保持しているように見える。清張の推理小説には、刑事あるいは刑事の役目をする中心的な人物が登場するが、この小説では、警視庁捜査一課刑事今西栄太郎がそれである。

要するに捜査は困難な状態から、悪くすると迷宮入りになりそうな様相を呈してきた。刑事の今西栄太郎も、その疲労した一人だった。四十五歳の彼は、捜査本部に帰って、お茶を飲むのもなにか気がねのようだった。

今西の担当は、主として池上線沿線の安アパートや安宿などの聞き込みだった。彼は事件が起きて、もう十日もこの方面ばかりを歩いていた。

これが、今西刑事の最初の記述である。続いて、

「お帰んなさい」今西は黙ってはいり、靴を脱いだ。靴の踵もこの三、四日で急に減ってしまって、靴脱ぎの上で傾いた。

二畳の玄関からすぐに四畳半にはいった。布団が三つ敷いてあって、眠った男の子の顔がその中

にあった。今西栄太郎はしゃがんで、十歳になるその子の頬っぺたを指で突っついた。
「だめですよ、起こしては」妻が後ろから咎めた。

といった、家庭描写。誠実で平均的なサラリーマン家庭の描写は終始変わらず、この小説の読後感には、事件の展開や解決と関係なく、今西刑事の、共感すべき庶民性のイメージが強く残る。今西刑事の住居が「北区滝野川」で、十年近く住みついている「貸家」であるのも、失礼ながらイメージに貢献している。

刑事今西には、職務への意識が、二十四時間途絶えることが無い。連日の疲労感を感じながら、婦人雑誌の付録「全国名勝温泉地案内」に漠然と目を通していて、「羽後亀田」の地名を見つける。今西は、瞬間目が眩んで、「カメダ」が地名である可能性を確信し、捜査の方向を変える発見になった。さらに、出勤途中の車内の吊り広告「旅のデザイン」をながめていて、広告と関係ないある考えが閃く。東北弁は、東北地方だけのものかという疑問から、国立国語研究所を訪ね、東北弁に類似した出雲方言を教えられ、その地域に存する「亀嵩」の発見。本庁からの帰りの都電の中、読むともなく目を通していた週刊誌に載っていた、「紙吹雪の女」の記事。

帰宅して、銭湯で湯槽に浸かっていて、閃いたある事実。女が列車の窓から散らしていたものが、蒲田殺人事件の加害者のシャツの破片ではないかと着想し、中央線の炎天下の線路脇を三十六キロ歩いて、布片十三枚を探し出す。近所のアパートで自殺した女性の遺書から罪の意識を察知し、それを、

「紙吹雪の女」に結びつける。妹が経営する川口のアパートに引っ越してきたバーの女給が、難かしい音楽評論を読んでいると聞くと、ヌーボー・グループの関川との関係を察知する。亀嵩の桐原老人から送られた亀嵩算盤の礼状を書いていて、電気に打たれたように気付く、被害者三木謙一の伊勢の行動の意味。農林大臣田所重喜と伊勢の映画館主との同姓から、元巡査三木謙一が伊勢の映画館で見たものを知る発想。劇団員の稽古の場面から、血染めのレインコートに気付く。和賀英良の自宅での押し売りの話から、超音波による殺人を確信する。

警視庁には、他に捜査機関は無いのかと思うほど、殺人事件解決への道筋は、一人の刑事のたった一人と言ってよい対決の中で、進行していく。能力を嘱望されている敏腕刑事ではない。前に建ったアパートのおかげで陽もささなくなった老朽家屋から引っ越すことも出来ない叩き上げの中年刑事の、昼夜の別無い職務意識の中で、ハッと気付かれた事柄によって、操車場殺人事件の真相が解明されていく。小説は、そのように記述している。まさに、日本版コロンボ刑事に等しい。巣鴨の地蔵の縁日では、

鉢植でなく、土の付いた根をそのまま新聞紙に丸く包ませた。片手でさげると、離れて立っていた女房が諦めたように笑った。

「もう庭はいっぱいですよ」道々、妻は言った。

「どこか、もっと広い庭のある家に越さないと、並べきれませんよ」

「まぁ、そう文句を言うな」人びとの歩いているあとについて、元の巣鴨の駅の大通りに戻った。と、ささやかな楽しみに休息する、小市民。疲れくたびれながらも、自分のなすべき方向に向けて、ひたすら進もうとする今西刑事の姿に、昭和三十年代、戦後の復興からようやく新しい道に進もうという時期の、日本人の典型的な姿を思い出す人は多いだろう。後述もするが、今西の〝閃き〟には、首をかしげざるを得ないような側面もあるけれど、小説『砂の器』に共感させる要素として、中年刑事今西の人間性が多くかかわっているように思われる。

本浦千代吉の生家を石川県山中町に訪ねる今西を、東京駅で見送った同僚の若い吉村刑事は、横に並んだ、今西の妻芳子に声をかけた。

「奥さんも大変ですな。いや、今西さんのような人も、めったにいませんがね」

「仕事が好きで仕方がないんでしょう」芳子は答えた。

日本人の誰もが、荒廃した焦土に緑を復興させようと、懸命にあくせくしていた時代の実感である。〝昭和三十年代〟は、確かに清張文学のキイワードである。

## 三　紙吹雪と超音波

小説『砂の器』には、清張作品の特徴である、実験的と言っても良い〝手法〟が、取り入れられている。

その一つが、「紙吹雪の女」の描写であろうか。今西刑事が出雲への出張から帰って来て、浮かない日を過ごしていた時、都電の中で読んでいた週刊誌の連載随筆の中で、信州の列車の窓から紙吹雪をまく女のことが書かれていた。その夜、浴槽に浸《っ》かっていて、「今西の頭に何かがひらめいた」。彼が今関係している事件で、物的証拠となるはずの「血染めのシャツ」、その隠滅の作業ではないかと気付いたというのである。翌朝、今西はただちに雑誌社を訪ね、随筆を執筆した大学教授の自宅も訪ね、さらに、「血染めのシャツ」を求めて、中央線、塩山—勝沼—初鹿野—笹子—初狩—大月—猿橋—鳥沢—上野原—相模湖の各駅間の線路際、炎暑のなかをひたすら歩いた。笹子トンネルの傍まで来た時、ようやく、横の草の間に「うす汚れたような茶色っぽいもの」を、二、三片見つけた。採集した布片は、全部で十三枚であったが、警視庁鑑識課で調べて貰って、付着しているのが、「人の血」であることを確認する。こうして、「列車の窓から布片を撒いた女こそ犯人の協力者である」という今西の推定が、「間違いないことになった」というのである。

「その紙吹雪の女の行方を探し出すのは、ほとんど絶望に近かった」と言いながら、今西の家の近くのアパートで自殺騒ぎがあり、自殺した「新劇の事務員」が岡田茉莉子に似た感じの女性で、「紙吹雪の女」を目撃した新聞記者が岡田茉莉子に似た人相と言っていたことと合わせ、この事務員こそ「紙吹雪の女」と推定するといった、一連の推理過程。清張らしい推理の取り入れ方と言えば、それまでなのであるが、あまりに短絡、強引に過ぎる気がする。

今西刑事が、塩山から相模湖まで、炎暑の中を汗を拭き拭き歩く姿の描写は、清張独特の現実感があるが、それ以前の問題として、「血染めのシャツ」をそのような形で消滅させようとすることに、まず無理がある。消滅の仕方として、人目に触れないところで焼却するとか、空き地に埋めるとか、川か海に流すとか、考えられることはいくらもある。それらのどの方法よりも、細かい紙片にして列車の窓から撒き散らすのが、最も安全な消滅方法とは思えない。要するに、清張流の詩的な場面を演出させただけのことである。別に言うと、最も映像的で印象鮮明な場面を、ここにこのように配置したことで、うまくいったと内心ほくそ笑んでいるといった質の表現であっただろう。ついでに言うと、「血染めのシャツ」よりもさらに処置のしにくいと思われる上着やズボン、血染めの姿を隠したレインコート（小説は、成瀬リエ子に劇団の衣装部屋から持って来させたと書いている）などは、どのように消滅させたのか、「血染めのシャツ」にそれほどこだわるなら、それらの記述にはまったく関心が無いというのも、不自然に過ぎる。

紙吹雪の女の行方をたどることが絶望的と言いながら、たまたま自宅近くのアパートの住人がその女性であった。それも、岡田茉莉子似だったという曖昧な観察を耳にしただけで、両者が確定的に結び付くとは、あまりに短絡にして強引。「事実は小説より奇なり」ということもあるが、都合良すぎる設定である。「紙吹雪の女」の叙述に精魂を込め過ぎて、その事後処理への注意力が散漫になったのか、あるいは、推理小説というものはこの程度のものだという認識が、清張の心のどこかにあったのか。清張自身の否定した探偵小説要素への復帰のようなものを感じる。

今一つの同様の記述。自殺した新劇事務員に好意を持ち、彼女の紙吹雪の行為の意味も知っていた新劇俳優宮田邦郎が世田谷の路上で死んでいて、急性心臓麻痺と判定された事件。関川重雄の愛人恵美子がやはり世田谷の民家で、転倒して流産し、出血多量で死んだとされた事件。外傷の無い二つの事件は、事故と判定されていたが、事実は、和賀英良による超音波による殺人であったということである。今西は、和賀の家に行った押し売りが、二人とも気分が悪くなって逃げて来たという話から気付くのであるが、超音波が、どれだけ有効に使用されたのか説明がない。押し売りの話にしても、和賀も同じ場所にいながら、なぜ押し売りだけ気分が悪くなるのか。宮田や恵美子にしても、どこでどのように超音波を受けたのか。音波は即効性ではないようだが、その間に抵抗を受けることがないのか。音波を受けたのは和賀の自宅であるが、死体を他の場所に運ぶ難事についても、まったく記述するところがない。二つの殺人事件で語られるものは、その凶器となったものが超音波であるという、ただそれだけである。別に言うと、前述の〝紙吹雪〟と同じく、清張は、〝超音波〟を殺人トリックに用いたことで満足して、周辺状況の念入りな説明には、配慮する気がない。

後に判明することだが、宮田が死んでいた場所に転がっていた失業保険金給付総額記載の紙片が、実は、超音波の高周波案配表であって、殺人者の「挑戦」としてわざと落としておいたものだという説明などに至っては、論外と評さざるを得ないのではなかろうか。清張が否定した、名探偵と犯人のトリックごっこといった探偵小説への、完全な回帰である。殺人をこのように遊戯化しては、清張自身の立場が無くなるというものではなかろうか。

## 四　小説に描写される部分

冒頭の蒲田駅近くの狭いトリスバーの女給たちに聞かれた、

「カメダは今も相変わらずでしょうね。」

の〝カメダ〟の言葉が、人名から地名へ、地名も東北から出雲へと、推理の方向を変えていったことは、小説に語られている。実際に、捜査の経過がそうだったのだと言えばそれまでのことではあるが、事件の捜査の過程を逐一記述するのが小説というものではない。現実の殺人事件であれば、この小説以上に、核心を外れた無駄そのものといった捜査過程が、むしろ実情であろう。だから、結局、「羽後亀田」が「亀嵩」に方向を変えていった、その過程を記述したのはさほど不当ではないとしても、今西が、亀田の町を不審な人物に彷徨させたり、羽後亀田の駅頭で、和賀も含めたヌーボーグループの四人と今西刑事を遭遇させたりしている意味は、どういうものであろうか。

亀田の町を彷徨していたのが、和賀の指示を受けた新劇俳優宮田邦郎であったことが、後になって明らかにされるし、ヌーボーグループの四人が羽後亀田の駅頭にいたのは、同じく和賀による、国産ロケット研究所の見学の誘いであったことが明らかにされる。蒲田操車場事件の捜査が、東北の羽後亀田に向かっていることが新聞などで確認されている時、宮田を不審人物として亀田に送り込むことが、どういう意味で、どれほど捜査の攪乱になるのだろうか。不審人物の挙動は、結局不審の域を出ないで終わったし、これが不審で終わらない状況とは、宮田の人物が特定された状況である。宮田の人物が特定されたならば、背後で指示した和賀の正体が暴露される。また、捜査の方向が羽後亀田に向かっているとして、それが明らかになっている場所に、わざわざ殺人犯和賀が、無理な旅行計画を作って出向くことに、どんな意味があるだろうか。捜査の攪乱にも何にもなりはしない。捜査線上に、自らの姿を見せる危険性しか無いし、事実、その危険が現実になった。現実には、殺人犯が絶対に想定するはずのない発想だけれど、捜査線上に殺人犯の影をちらつかせるという探偵小説風手法として、小説の場面に取り込んだという説明しか出来ない。前述の、失業保険金額記載の紙片を、わざと犯人の「挑戦」として残しておいたことと、同じ質のものである。作家清張が、最も忌避した態度ではなかったかと思うのだが、どうであろうか。

被害者三木謙一が、伊勢市の旅館に投宿して、予定になかった東京行きを翻然と決めたらしいことに気付き、今西刑事が、伊勢への出張を取って、伊勢の旅館での三木の行動を調べた。三木謙一は、初め「明日は帰る」と言っていたのに、夕刻、退屈まぎれに映画を見てから、急に、翌日は東京に行くと言ったということを聞き出した。この映画館に「なにかがある」と感じた今西は、当日掛かっていた映画は勿論、予告編やニュース、あらゆるものを調べ尽くしたが、三木の上京の手がかりになるようなものは得られなかった。ここら辺の執念とも言ってよい今西の姿勢は、中央線の塩山と相模湖駅の間を炎暑のなか歩き通した時と同じく、懸命な人間性も描写して現実的であるが、結局は徒労であった。手がかりは、映画館に貼られた、和賀の義父労働大臣田所重喜一族の写真であったことが、後になって分かる。要するに、今西の執念の捜査のほとんどが徒労であった。現実の犯罪捜査は、おそらく、さらに想像を絶するほどの無駄の集積であろう。だから、多分現実の状況を反映するような、今西刑事の遅々とした徒労の執念に共感する気持にもなるのだけれど、そういう〃虚〃であった部分への念入りな記述に対する、〃実〃部分の記述の配慮の無さ。これが、この小説の価値をアンバランスなものにしている。

## 五　二人の犯人

全体的なまとめに入る前に、もう一つわかりにくい部分について、述べておきたい。一つは、和賀と同じヌーボー・グループのメンバーである関川重雄についての記述である。関川については、銀座裏のバーの女給である恵美子との関係が、しきりに述べられていた。最初は渋谷にある恵美子のアパート。アパートの隣室に遊びに来ていた学生に顔を見られたというだけで、早々に女を転居させる関川。転居した川口の家で恵美子が会話したアパートのおばさんの兄（今西）が「警視庁の刑事」だと知ると、「急に複雑な顔」になり、さらに引っ越しを命じる関川。妹から、女の引っ越しを聞いて、「ばか」と思わず妹を叱った今西。関川についての情報は、今西の手帳に丁寧にメモされている。妹のアパートにいた女恵美子が世田谷の貸家で死んだ後、今西刑事は、関川の家を訪ねて、家政婦から関川の日常の生活を聞く。関川のところに掛けてくる二人の女の電話の一つが、この一ケ月ほど掛かって来なくなったと聞いて、今西は、はっと「成瀬リエ子が自殺したのは、そのころではなかったか」と気付く。目黒区役所の原籍簿で、関川の本籍が秋田の横手からの転籍であることを知った今西は、横手市役所・横手警察署に照会して、事実を確認した。

　これらの記述を見ていると、小説は、操車場殺人事件の犯人について、読者の推理を、関川に絞って導いているように見える。「読者に関川を犯人だと思い込ませる推理小説としてのトリック」（佐藤忠男、松本清張全集5「解説」、文藝春秋、昭46）という意見があるが、筆者には、作者のミスと思える。関川と恵美子の、最初のアパートでの会話場面、

　「このあいだのあれは、ぼくの言う通りにしただろうな？」

これも、本来は和賀と成瀬リエ子との間に交わされるはずの言葉である。恵美子から、「（あなたに）秋田で会ったという人に会った」という言葉を聞いただけで、「恵美子が意外に思ったほど」の驚き

を示した関川の態度。これらも、その推理に沿った表現と、読者には感じられていた。小説も、その目論見通りに進行して、後に、関川を犯人とする今西刑事の思考内容が整理されている。「すでに五ヶ月も経っていて、だれの記憶もうすれている」として、「関川重雄のアリバイを追求する方法はない」と、諦めている。目標を一つに定めると、猟犬の執拗さで追求をやめない清張型刑事の、あっけなさを感じる恬淡さである。この諦めの良さを見ていると、これは構想変更によるものでなく、最初から、読者の推理を迷わす囮として関川は書かれていたのかと、気付かされもする。先のトリック論が出る理由でもある。今西刑事が徒労な努力に彷徨する姿は、身近に共感する気持で受け取ることは出来るけれど、思わせぶりに書かれていた記述が、実は、読者の推理をまさに「混迷」に陥らせる設定という意味だけのものと知らされて、読者は、どう感じるのたろうか。推理小説の常道的な手法なのであろうか。筆者には、不快な感情の方が残る。

今西刑事は、渋谷のおでん屋で夕刊の記事を見て、和賀についての関川の批評が、妙に好意的に変わっていることを感じる。ここに和賀と関川の友人関係の逆転を察知して、これが、三つの殺人事件の背景にあることを、推理していく。このあたり、先に述べた関川への疑惑追求とは、大分に趣を異にする鋭敏さである。小説は、すでに閉幕への道を足早に進行し始めている。操車場殺人事件の被害者三木謙一の勤務していた亀嵩を訪ねた時に会った桐原老人が送ってくれた亀嵩算盤が届いた。その礼状を書いていた時、その時だった——

今西は、何か電気にでも打たれたようになった。頭の中を斜めに切って光が走るのを感じた。彼は煙草の灰が膝に落ちるまで凝然としていた。そのまま十分間ぐらいじっとしていた。

「電気にでも打たれたように」事件の真相が閃いたというのである。そして、急に夢から覚めたようになると、手紙の続きを猛烈な勢いで書き始めた。それは、今まで予定していた、しめくくりの文句とは全く違っていた。

という、その予定とは違うしめくくりの文句の内容は書かれない。後の、前に亀嵩の桐原老人にあてて依頼した用件で返事が来て、さらに、そのことに関連して、この慈光園に問い合わせの手紙を出したのだった。

の記述で、見当がつく。「三木巡査が世話した癩病の乞食が連れていた子供」についての質問であり、その返信に従って、岡山県児島郡の癩療養所「慈光園」に問い合わせの手紙を書き、同療養所で死亡した本浦千代吉の長男「秀夫」の存在を知る。一方、三木の養子への問い合わせへの返信から、謙一が伊勢に行った際に、急遽予定変更して上京した事情を知り、そこに蒲田操車場殺人事件を解く鍵を見る。その時には、関川重雄をメモした今西刑事の手帳に、「ある人物の分が一枚加わって」いた。その人物が、「本籍　大阪市浪速区恵美須町」で「現住所　大田区田園調布」だから、作曲家和賀英良であることは明らかである。本浦千代吉の生家に「秀夫」の消息を訪ねに行った時には、今西は

「ある人物」の写真を携行していた。

今西の頭に、評論家関川重雄が犯人像としてあったことは、先述した。関川の郷里は秋田県横手市であるが、同人および父母の消息は絶たれている。それを知るには、原籍地の家を昭和十八年以前に所有していた桜井秀雄に聞くほかないが、同人は、現在「大阪市東成区住吉××番地」に住むとの情報を横手警察署から得て、今西刑事は、「どこまでも糸をたぐってゆくのだ」と決心しながら、なぜか、得意の〝出張〟をしない。浮浪者本浦千代吉に「秀夫」という子供がいて、その後行方不明になっていることは仁多町役場からの回答で確認するが、それが、「大阪市恵比寿町」を本籍地とする人物に、どうしてすぐ結びつくのか、説明されない。今西刑事は出張して、その一帯が終戦間際の空襲で焼け野原となり、戸籍は本人の申し立て通りに再生されたことを知る。その申請を行い得る資格を持つ人物は無数であるが、今西の頭には、もう和賀の存在しか頭にない。これらのことは、伊勢の映画館の写真で確認されて、初めて和賀という人間に結びつく事柄でないだろうか。さらについでであるが、中学校も高校も在籍名簿が確認されず、未就学児童に近い少年が、どのようにして新進音楽家の地位を得ていったのか、小説では、まったく説明されることがない。小説としては本旨ではないことだろうが、まったくどうでも良い事柄であろうか。田村栄氏は、「一般的な文学の基準から言えば、和賀英良の書き込み不足は明らかにこの作品の欠陥である。しかし、それは逆に、推理小説としての効果を数倍にも高めている」（『松本清張　その人生と文学』、啓隆閣新社、昭51）と、説明されている。

筆者の釈然としない感情は、そこにある。「一般的な文学作品」と推理小説とは、区別して接しなければならないものであろうか。筆者は、清張小説をつねに文学作品として見ているつもりである。それが、清張小説に接する態度として妥当でないのなら、改めなければならないが、筆者はそれを望まない。文学作品としての清張小説、あくまでそこに拘って、作品に接したい。

## 六　殺人の動機

小説『砂の器』においての、最も大きな問題は、清張自身が常々強調している、〃動機〃の部分の問題である。「推理小説といえども人間を描く小説の一分野にちがいないから、〃もっと動機を〃と主張しました」（松本清張「グルノーブルの吹奏」、「小説現代」、昭63）といった発言は、あらためて紹介する必要もないと思う。蒲田操車場で行われた殺人事件は、新進作曲家和賀英良が、少年時を知る三木謙一が懐かしさのあまりに訪ねて来たことによって、自ら消した過去が明るみに出ることを恐れて犯した殺人事件を内容とする推理小説であると、明瞭に解説できる。

動機という点では、確かに、最初に殺人事件があり、それがいかになされたかという解明に向けて、小説は進行しているとは言える。ただ、解明されてみると、それは、少年時代に和賀英良を助けて更正の手助けをしたと言って良い、和賀が恨みを持つような事情は何もない人物であった。伊勢の映画館で和賀の写真を見て（十数年も前の少年時代の面識で、名前も環境も隔絶している人物を、代議士の女婿として写っている記念写真だけで認識するというのも、かなり強引な設定ではあるけれど）、帰郷の予定を変えて上京してきた三木謙一の感情には、不幸な境遇から時代の先端の立場を確立しようとする和賀に、祝意を表しこそすれ、過去をあばいて云々とか言った感情は、毛頭無かった。せいぜい、蒲田のトリスバーで旧交を温め、前途を祝すくらいの言葉があって終わっていただろう。それほどに善意の主である三木謙一だから、和賀が依頼すれば、それが和賀の幸福に結び付くなら、過去のすべてを忘れてすぐ帰郷するという約束などは、たやすいことだ。それなのに和賀は、全身血だらけにするほどの打撲を与えたのみならず、死体をレールに横たえて、顔かたちも破壊してしまうほどの残酷な工作をする。現実には、考えられない行為だ。清張の社会派推理小説は、事件よりも動機を書くのだと言うのなら、動機そのものが首肯に足るものでなければなるまい。その意味で、この小説『砂の器』は、本当の意味での動機を書いていない。事件の動機は書いているけれど、これを動機として納得する人は少ないだろう。冒頭の殺人事件について、田村氏は「不自然な感じを与えない」（前掲）と述べ、今村忠純氏は「三木謙一の本浦父子への同情、親切は父子にとってたえがたい圧迫や抑圧」（「『砂の器』のたくらみ」、「松本清張研究」vol.2、平9）というように、作品に好意的な発言もあるが、「いろいろと考えさせるほどには、殺人の動機が弱いように私には感じられてならない」（鈴木貞美、前掲）という発言がある。筆者の感覚も、もちろん後者である。

突然の状況に驚愕した和賀が、思わず思考を停止したような事件を起こした理由を理解するためには、被害者三木謙一が和賀に与えた衝撃の中身が、それなりに説明されなければならない。小説の語る内容からは、三木謙一の底知れない善意しか、読者には知られない。その点について、小説は、次のように述べてはいた。

長い間別れていた秀夫の面影を伊勢で発見し、なつかしさのあまり、上京して面会したのでございますが、秀夫にとっては一大恐怖でございました。というのは、同氏の口から、もし、自分の前歴が暴露された場合、現在進行している婚約が破棄される可能性のあることはもちろん、そのような忌まわしい父を持っていたことも、ことごとく暴露するわけでございます。…そのときの驚愕、苦悶は、言語に絶するものがあったと想像されます。

本当に「言語に絶する」実感が感じられるであろうか。表面的な理由付けの印象の方が強い。小説の命脈とでも言うべき、和賀における殺人の切実さが、伝わらない。清張は、推理小説は動機だと言いながら、その動機の真摯さにおいて、欠けるものがある。動機は語ればいい、動機の内容はどうでもいいという問題ではない。清張も、もちろんそのように考えてはいないだろうが、神経がゆき届いていない。以前に述べた小説では、『ゼロの焦点』にも共通する問題である。

『砂の器』は、推理小説ファンには、多分興趣たっぷりの作品だろうと思う。冒頭の「カメダは今も相変わらずでしょうね」という言葉は、数寄屋橋で「君の名は」と問いかけた有名なメロドラマに匹敵するような磁力で、読者を作品の世界に誘引する。秋田の羽後亀田、島根の亀嵩、石川の山中、伊勢の映画館、迷いながら追求をやめない今西の姿は、一緒に彷徨しているような感情を、読者に抱かせる。藤井淑禎『清張ミステリーと昭和三十年代』（文藝春秋、平11）は、背景となる昭和三十年代の映画館の状況について記述して、小説の現実感を説明している。中央線の紙吹雪の女、超音波殺人、殺人行為を彷彿させる場面なのに、映像的で美しくさえある。話題のヌーボー・グループといった社会的話題を取り入れながら、その虚飾を剝いでいく描写。表面的に作品の世界を楽しむという点では、清張のいう「おもしろい小説」には十分なっていると思う。

けれど、しつこく言って恐縮だけれど、推理小説である『砂の器』が文学としての実質を持つものであるためには、その殺人事件の切なさが伝わる小説でなければならない。鮮明な表舞台の描写だけで他に神経がいかないといった叙述であってはならない。清張は、小説には、純文学と通俗文学しかない。中間小説などというものはないと主張した。筆者も、それに賛成である。小説『砂の器』は、清張にとって、純文学だったのだろうか、通俗文学だったのだろうか。清張の代表的な作品の一つである『砂の器』を、その純文学に列する作品として推すことができないことを、残念に思う。

# 第9章　砂の墓標『砂漠の塩』

小説『砂漠の塩』は、雑誌「婦人公論」に、昭和四十年九月から翌年十一月にわたって、連載された作品である。イラクの砂漠で、偶然に、日本人による地質調査隊によって、服毒したばかりの日本人の男女二人が発見されるという結末を持つ、情死事件を扱った小説である。最初に、このように述べるのは本意ではないが、筆者は、この小説にいたく感動した。松本清張の持つ人間愛ともいうべき心に、触れた思いがした。以下、そのことを述べてみたい。

## 一　せめてもの誠意

この小説の主人公である女性野木泰子は、某繊維会社の部長野木保雄の妻である。その泰子が、パリ行エール・フランス機がそろそろ北極点を通過する、その白い窓外を見やっている場面から、この小説は始まる。彼女は、カイロで待ち合わせている恋人真吉のもとに、ひそかに向かっている。三週間のヨーロッパ旅行の観光団の一員として参加していた泰子は、パリに着くと同時に口実をもうけてツアーから離れ、カイロ行の飛行機に乗った。

カイロでの、恋人真吉との再会。

ふいと横合いから手が伸びて、「疲れただろう？」と、真吉が、泰子の荷物を持った。感動的な対面になるはずだったのに、それはなかった。日本国内の、大阪からでも帰ったのを羽田で迎えられたような、そっけのない再会だった。この瞬間のために、泰子にも、真吉にも長い長い準備があった。誰にも気づかれないように心を配り、死を見つめての支度だった。これまでの時間の厚みが、そのまま危険の厚みでもあった。すべてがこの一瞬の集中にあった。

恋人同士の、はるかな異国の地での待ち合わせは、愛情と官能の陶酔を夢見る逃避行としてあったのではなかった。「長い長い準備」をした〝死〟への入り口としての、再会であった。二人は、はるかな異国の地での情死を覚悟して、この再会を果たしたのである。タクシーが走り出して、カーブで泰子の身体が傾いた時、真吉は、泰子を引き寄せて、唇を重ねた。

真吉の唇がはなれ、正面を向いても泰子は彼の頬に唇をつけた。耳のわき、顎の上に唇がひとりでに移った。今こそ、彼の皮膚がそこにあった。泰子は、地球の北の端を半周してきた空間の虚しさを、そこで何倍にもしてとり戻したかった。たった今まで、考えてもみなかった情熱が意志の外から奔り出ていた。ひとりでに泪が出た。

二人の情熱は、推測して余りある。二人の〝死〟への旅である。残された〝生〟の時間の愉悦を、どれほどに狂熱的に求めようとも、いや、それがむしろ自然な状態に、二人はいる。

「ホテルは、わたしのぶん、予約していただいてるでしょうね?」

真吉に泰子は訊いた。(中略)

「まだ、そんなことを言ってるのか?」

真吉が眼を外に向けたまま低く呟いた。

狂熱的に求め合う二人であっても、最後の愛情の確かめ合いを、泰子は拒否した。強情かもしれないけれど、「日本を脱出して外国にきたその最初の夜から破りたくはなかった」のである。当然、日本にいた時も、最後の瞬間になると、泰子はそれを拒んできた。ホテルのバルコニーで熱い抱擁を交わした時、泰子は、みずから真吉の腕のなかに飛び込んでいきながら、それでも最後の交合に躊躇した。その感情は、泰子を最愛の妻として、疑いのない愛情を降りそそいでくれる夫保雄への、せめてもの誠意の糸のようなものであった。

心は真吉のものだと思っていたが、身体はやはり保雄の妻から裏切れなかった。夫には、何の罪状もなかった。知っている者が笑っているくらい、保雄は泰子を愛していた。

泰子の、せめてもの〝誠意〟の気持が、いつまでも崩壊しないはずもなかった。日本人観光団の一員としてカイロに来ていた奥野(夫の大学の同期生)に、真吉と一緒にホテルの部屋に入ろうとしていたところで声をかけられた偶然の出来事で、彼に出遇ったことが、泰子にこれからの一切の行動を決定づけさせた。と言っているから、カイロでの待ち合わせは、もともとは、二人の〝結婚式〟のためのものであったのだろう。夫への秘密が無くなった時点で、真吉と泰子は、死への道であることを、再認識せざるを得ない状況になったのであろう。カイロからベイロルート、そこからバスでダマスカスへ。ダマスカスの古いホテル、壁際にうずくまっているかと思う、隣室のアラブ人への恐怖にふるえていると、深夜、真吉がノックの音をたてた。

「君はいやがってるんじゃないかな？」

「望んでいるかもしれませんわ」

言ってしまった瞬間、泰子は細々とつながっている夫との糸が切断されたと思った。（中略）それから十日間、泰子と真吉の上に、頽廃と、愉楽と、外界からの切断と、陶酔がきた。二人は、次の夜から五階の同じ部屋にいっしょになった。

二人の、残された〝生〟への耽溺は、当然のことである。泰子の、善良な夫保雄への感情が、よくこれだけ耐えさせたと思う。耐えに耐えた感情と愛情、堤防が決壊したような愛欲への傾斜は、むしろ禁欲的と批評しても良い。

同じホテルにひっそりと投宿していた二人の男女が、戒律によって、死の制裁を受けた。姦通した二人を罰した殺人者は、泰子の隣室で祈りの声をあげていたアラブ人であった。イスラムの厳しい戒律を目前に突き付けられた泰子は、衝撃で意識を失うほどであった。真吉が言った。

「バクダッドに行こう。」

バクダッドに向かうバスの中で、真吉は高熱を発した。重ね合わせた泰子の裸体の方が、ひんやりとしていた。急性肺炎で意識も朦朧としている真吉を残して、車で十時間のバクダッドとの往復。僅かに命の炎を保った真吉と、今度は、あらためて二人で暗い砂漠の海に入った。

真吉は砂の中に水筒を立てると、泰子をひきよせた。彼は泰子を倒した。彼女の上着をはぎ、その顔や肩や乳を口の中に吸いこんだ。泰子は苦痛と恍惚に耐え、最後の、確実な生命の存在に陶酔した。灌木が彼女の顔を襲い、砂が髪や背中を痛めつけた。その間、彼女は眼を閉じなかった。彼女はすぐ上にある真吉の暗い顔の輪郭を見つめ、彼の息を思い切り胸の奥まで吸いこんだ。空には薄明がひろがっていた。

真吉と泰子の、この最後の描写に接する度に、筆者は、いつも落涙を誘われてしまう。保雄と真吉の間で、泰子は、寸分の余地も無いほどに、真剣に生きた。その息苦しいほどの真剣には、死は、むしろ安息であっただろう。これほどに、清らかな美しさに満ちた女を描写し得た、清張の内面を憶測せざるを得ない。

## 二　死へのバス

真吉もまた、泰子の愛にふさわしい、真摯と自制の人間性を保持している。泰子の母と真吉の母が、姉妹のように親しかった二人は、幼い時から自然と親密な言葉が出てくるような関係だった。あまりに近すぎた二人は、二人きりになると、かえって冷淡になる〝みせかけ〟が、身についていた。保雄との縁談が進んでいた時、泰子は、母から「真吉が好きなら」と訊かれた。ふいと口に出た、〝みせかけ〟の断りの言葉、それが、二人の運命を決めた。保雄との結婚式の日、真吉は、出張先の北海道から祝電を寄越した。泰子の結婚の後、放蕩の生活にあった真吉は、二年ほどの後に、妙子と結婚した。夫婦の間は、円滑でなかった。真吉が妻に冷淡で、妙子が悩んでいると、母が、泰子に噂話を伝えた。

早春のうすら寒い日に、泰子は、母の家で真吉に再会し、帰って行く真吉を、バス停留所まで見送ることがあった。思春期からの、冷淡な〝ふり〟も淡く戻ってきたが、〝おとな〟になった二人は、不自然に沈黙もせず、離れることも無く、雑木林の道を並んで歩いた。バス停に来て、「もう帰ってくれ」と言った真吉に、「バスが来るまで」と言って、泰子もいっしょに佇んだ。ふいと、真吉が呟いた。「N美術館に行ってみませんか。いい青磁が出ている。」バスを待っている数分間が、泰子の運命を決めた。その後の二人の心は、本来触れ合うべきものを今見出でた、奔流のような感情から、目を背けることが出来なかった。

カイロで泰子を出迎えた時の真吉については、先に紹介した。異国の地で再会した恋人に、淡泊な雰囲気を保ちながらも、内面の昂奮があった。今夜こそ、泰子と心身ともに一つになる、そういう昂奮であった。それが、「別の部屋を予約してあるか」という泰子の声に、思わず、当惑と失望を感じた。泰子との心の結び付きは、疑い無いものと実感しているが、泰子は、すでにどれほど背徳の行為に没入していても、最後の防備を解くことが無かった。それは常に心の残ることであったが、一面では、夫である保雄の善意への、泰子の誠意として評価する気持があった。しかし、話し合って、二人の世界への決心を固め、その結果としての、はるかな異国の地での邂逅にも、泰子は、まだ身を固くしている。真吉の当惑と失望は、当然であろう。

○真吉の眼が、信じられないという表情をみせた。

○真吉は失望した声で言った。

○その靴音に、彼の非難と絶望とがこめられていた。

くりかえし、同様の感情に戸惑う。真吉は、訴えざるを得ない。

「黙ってないで答えてほしい。こんなところまできて、ぼくを不安にさせないでくれ。ぼくは何もかも失ってきている。君の言う次の世界というのは、ここよりほかにないのだよ。」

真吉は、泰子の両肩をゆさぶった。

「そして、ぼくらは死ぬというのに。」

「次の世界」とは、最後の防備の時に、泰子がつねに口にした言葉である。生きていても、死んでいても、真吉と泰子ふたりだけの世界というものであろう。そして今、はるかな逃避行によって、その世界がふたりだけのものになっている。それなのに…という真吉の感情は、理解を要しない。それでも泰子は、「ほかの男ならともかく、真吉には分かってもらえると思って」いた。そう信じられるのは、最後の壁は、些細でも確かな障壁であるけれど、互いの寄り添う心の深さの前に、間もなく微塵にくだかれてしまうのも確かだし、二人の愛情の交換は、最後の壁が跡形も無く消滅することによって、より喜びを充実すると、ともに理解し合っていると、泰子は確信しているからである。

「すみません。でも、もう少しわがままを許して」

もう少し、という言葉が思わず口をついて出た。言ってしまってから、はっとなったのは、その言葉を聞いた真吉の表情が歓びと安堵に変わったのを見たからだった。

そして、カイロからダマスカスへ。ダマスカスからバクダッドへ、砂漠を横切るバスの車中で高熱を発し、泰子の渾身の看病を受ける身となる。泰子の裸身が冷たく感じられる高熱のなかで、朦朧とした意識の中でも、真吉は、泰子と全身を支配し合っている感動を感じてはいたであろう。留学生から耳にした日本人の自動車事故、それが保雄であったことを確信しても、泰子は、瀕死の夫のもとに行くことを拒む。

「だから、わたしは保雄のことは何も頭の中に無いわ。世間のことはもちろん、母も無いわ。保雄から罰を受けているという意識もないの。そういう思考力を失ってるの」

泰子は言いながら泪を流した。

「そんなふうに君をひきずりこんだのは、ぼくだ」

と、真吉は病後の衰えた力で彼女を抱きしめた。彼も泣いていた。

その翌晩、二人は死へのバスに乗車する。「明日の晩、このバスに乗ろう」、そう言った真吉の言葉の意味は「泰子にすぐ分かった」。その後のことは、記述に及ぶまい。限りなく求めながら、また、限りなく思いやりながら、煩悶もしながら、愛情の節度を保った真吉の態度は、この上なく好ましい。泰子を愛し、泰子に愛されるにふさわしい人間性と批評することが出来る。

## 三　人間の不条理

泰子の夫保雄に対しては、言うべき言葉が見つからない。彼が、このように不如意な運命を甘受しなければならない理由は、少しも無かった。恋人との逃避行に出る妻を、彼は、微塵も疑わず見送った。

羽田での彼はビールに顔を赤くして、妻の出発を見送ってくれる人に誰彼となく忙しそうにお辞儀をしては泰子の傍に戻ってきていた。

保雄にとって、泰子は、文字通りの愛妻だった。泰子にも、保雄の愛情あふれる善良さは、身に沁みて分かっていた。真吉との〝最後の結合〟を躊躇させ続けたのは、泰子に向ける無垢の愛情への背信の思いだった。

しかし、それにしても、人生のなんという不条理。

○家に戻った夫の上衣をとり、シャツをとると、働く夫の一日の臭いが伝わった。そんなときでも、真吉の息の記憶のほうが生々しくて強かった。

○泰子は氷雨にふくらむ蕾を見ながら、座敷に坐って真吉からの電話を待った。電話が四、五日もかかってこないと、彼の声に渇えた。その日一日は不機嫌になる。夫のいない昼間の家は森閑としていた。（中略）夫の出張は少しも気にならなかったが、真吉が三日も東京を離れていると、彼のことばかり考えていた。

それを、どうしてと問うても、仕方が無い。敢えて言えば、真吉としっかり結ばれていた心に、泰子が気付いていなかったからということであるが、今気付いたからといって、正当化できる感情ではない。

人生を誤ったという自覚は、保雄と結婚してから重大になってきた。夫はいい人だった。このように善良な人も珍しかった。だが、泰子の全部を傾けることのできる人ではなかった。その諦めをつけるのに六年の歳月がかかった。その間に、真吉のことが、度々胸をかすめた。

「だが、泰子の全部を傾けることのできる人ではなかった」と、今頃、言われても困る。どちらに責任があるかと問われれば、間違い無く、非は泰子にある。だから、善良な夫との間に、愛情の芽を少しずつ育てて…と言うのは易しい。それが、出来ないのが人間の感情というものだ。

夫の保雄には、寸分の罪も無い。だから、真吉と泰子の罪の思いは、この背信行為によって身を消滅させることでしか、詫びの仕様が無いと考える。いや、身を消滅させたとしても、保雄の心にどれだけの慰謝を与えるものでない。事柄の真相を知った時、保雄の愛情は、おそらく自分が身を引いて、泰子の幸福を願うことを自分の立場とするだろうが、そのような思慮は、二人の胸には浮かびようも無い。ただ、みずからを消滅させることで、保雄の善意への恐懼と陳謝の気持をせめて表明したいと、考えるだけである。

保雄は、泰子からの便りを待っていたが、北極通過のカードの後には、まったく何も届かなかった。不安に駆られながら、保雄は、自分と泰子の関係を思った。

保雄は、泰子が自分を愛してはいないことを知っていた。それが分かったのは結婚して半年くらいからだった。保雄は泰子の愛情を獲得しようとどのくらい努力したか分からなかった。その努力は一時ほどではないにしても、現在でもつづけられていた。一時ほどでなくなったというのは、泰子からの愛情の接近を諦めたのである。

だが、泰子は妻として決して落度のない女だった。彼女も夫を尊敬していた。浮気一つするではなく、仕事だけに没頭している夫を彼女は鄭重にした。だが、その尊敬は愛情とは違っていた。その妻の気持は保雄にも分かりすぎるくらい分かっていた。しかし、彼はそうした泰子を妻としていることに不幸を感じていなかった。

保雄が、泰子の身に起きている事柄を、真吉のことも含めて了解したのは、大学の同期であった奥野が、泰子とカイロで出会ったことを聞いてからであった。

彼は喫茶店を出たが、自由には歩けなかった。そこで、通りがかりに見えたシヤッターを下ろした銀行の前の低い石段に腰を下ろした。往来に向かっていたが、外聞も何もなかった。老人のように両手で頭を抱えた。

保雄は、事態について誰にも語ることなく、ただちに翌朝、長期の休暇願を出して、カイロに向かった。カイロからベイルート、そしてダマスカスへ。二人が辿った道を、保雄も辿った。日本人の泊まるホテルは限られている。ダマスカスのホテルで、保雄は、二人の名前を発見した。

瞬間、この署名は保雄の眼から脳天を突き抜けて白い線になった。その線は鋭い刃先を持ち、保雄が強いてつくっていたぼんやりした希望の絵画を切り裂き、その下から荒々しいキャンパスの地を容赦なくむき出した。

疑いのない現実を目前にしたが、「かすかな救いは、二人が別々に部屋をとったというフロントの説明」だけだった。保雄の心情は、察するに余りある。泰子を捜しあてて、どうするという感情も定かでない。けれど、捜し当てなければならない。それが、泰子を死から救う唯一の手だてだと、保雄は感じていた。バグダッドに向かう飛行機に乗るためにベイルートに引き返す途中で、保雄は、不慮の事故に遭う。

日本人留学生が伝えた日本人の自動車事故で、保雄の追跡を、二人は知った。二人に、砂漠への道を最終的に確認させた事件であったが、泰子は、「まさか」と思った。

日ごろの保雄には考えられない情熱だった。

泰子も知らなかった保雄の一面である。日常生活の夫には行動的なものが何一つなかった。家に帰ると、ものぐさで、食事が終わってからは腹匐いながら新聞を読むぐらいだ。あとは、あくびをして、雑誌を持って寝床に入り、そのまま睡ってしまう。会社の仕事にも特別力を入れるようでもなかった。多分、それは世の中の大部分の夫であろう。泰子は、そこに物足らなさを覚え、やがては、それが諦めとなっていた。

思ってもみなかった行動がその夫に起きた。日本からここまで自分たちを追ってこようとは考えなかった。

まさに、「世の中の大部分の夫」の姿である。それが、誰にも事情を告げず、泰子を追って砂漠地帯にまで至った。このような運命を甘受しなければならないものが、保雄のどこにあっただろう。最大の受難者と言うべきだが、ひたすら妻の姿を求めて翻然と彷徨する。善意と愛情に満ちた保雄の姿と、不如意な人間の宿命、この小説のもう一つの主題がここにあったかと感じるほどである。

## 四　願望と思いやり

この小説の価値は、登場人物の生きた描写にあると思うが、それらの人物の真摯に人生に向かう姿が、さらなる魅力となっている。泰子も真吉も保雄も、一度かぎりの人生を、ただ呼吸をしているというような形でなく生きたいと願っている。それは、同時に、相手に対してもそのように生きて欲しいという、思いやりにもなる。泰子と真吉の思いは、そういう願望と思いやりの相克である。それを、最も波風を立てない形で実現するとなると、誰にも知られずにひそかに消滅する、そういう道しか考えられなかった。その道でも、避けられない波風は、保雄に与える衝撃である。泰子が、最後の最後まで、真吉と一体になることを躊躇したのは、その故であるが、それを死の瞬間にまで持ち越すことは出来ない。それは、真吉との完全な愛情に、波風を立てる問題になる。

泰子が、保雄と不用意な結婚さえしなければと批判することはできるが、その場面に至って初めて気付く真実ということがある。というより、それが普通の人生だ。その普通の人生を、諦めの中で生きていくことは可能だし、事実、世の大方の人生は、そのようなものである。諦めずに自分の人生に立ち向かった泰子と真吉に、諦めのなかで時間を過ごすしかない清張文学の読者の多くは、その感情に共感し、勇気ある行動に感動し、さらに、消滅の道しかない現実に瞑目する。

それにしても、この小説が描く現実は、過酷である。砂漠の矮小な灌木地帯で服毒した二人は、たまたま日本人の地質調査隊によって発見され、迅速で適切な処置によって、泰子のみが蘇生する。高熱で衰弱していた真吉は、そのまま安息の道に入《はい》れた。この小説の読者は、誰も思う。なぜ泰子を、愛する真吉と共に行かせてやれないのか。真吉の火葬の火は、砂漠の星空に燃え上がった。

Y女は、その炎がやや衰えるころにテントから出てきた。彼女はそこでは泣きはしなかった。その激しい慟哭は、テントの中で十分に済ませたあとに違いなかった。彼女は炎を見つめ、砂の上に坐りつづけた。（中略）彼女はすべての思考力を失っているようにみえた。魂の抜け殻という形容を実際の人間に当てはめて見たのは私にははじめてであった。（調査隊員・森本誠の手記）

泰子が、これほどの残酷に耐えなければならない、どれほどの罪をおかしたというのであろうか。その後、やや心身を回復した泰子は、ベイルートの病院にいる保雄のもとに、謝罪と看護の意志を持って出かけた。保雄は、その前夜に懊悩と孤独に耐えかねて病室で縊死していた。この小説の末尾は、泰子の保護を依頼されていた婦人の、彼女の恋人を焼いた場所への捜索隊の派遣の要請を記述して、終わっている。泰子を救命した調査隊員も含め、泰子にかかわったすべての人が、善意で誠実に、泰子に真摯の愛情を尽くしている。それなのに、現実の人生は、まったく別の相貌で泰子に迫る。人間とは、こんなものだ。人生とは、こんなものだ。作家・松本清張のひそかな慟哭を、筆者はこの小説に感じる。「松本さんは…推理作家ではなくて、もっとも新しい、頑強なまでの自然主義作家かもしれない」（松本清張全集19「解説」、文藝春秋、昭46）とは、橋本忍氏の評である。天沢退二郎氏は、「数ある清張作品の中で、最上の作品ではないかもしれない。代表作とか、傑作とか、そんなレッテルが貼られることはないかもしれない。しかし」（「死の彼方までの旅—『砂漠の塩』論—」、「松本清張研究」第三号、平14）と述べている。しかし、筆者にとっては「最上の作品」である。つねに涙腺の緩む感動に誘われるという意味においては。

## 五　清張小説と女性誌

冒頭に述べたように、『砂漠の塩』は、昭和四十年に「婦人公論」という女性誌に発表された小説である。昭和三十年に『大奥婦女記』が「新婦人」という雑誌に発表されたことはあるが、それは突出した例で、清張小説が女性誌に多く見られるようになったのは、『点と線』で一躍流行作家になった後の、昭和三十四年あたりからである。その初期の『波の塔』『霧の旗』が、女性小説として『点と線』に比肩する好評を博すことになって、清張小説にあらたな展望が拓かれることになった。発表順に示すと、次のようである。※とりあえず松本清張全集所収の範囲内。

『大奥婦女記』（新婦人）昭30・10
『箱根心中』（婦人朝日）昭31・5
『二階』（婦人朝日）昭33・1
『波の塔』（女性自身）昭34・5
『霧の旗』（婦人公論）昭34・7
『「スチュワーデス殺し」論』（婦人公論臨時増刊）昭34・8
『占領「鹿鳴館」の女たち』（婦人公論）昭35・11
『確証』（婦人公論）昭36・1
『万葉翡翠』（婦人公論）昭36・2
『薄化粧の男』（婦人公論）昭36・3
『潜在光景』（婦人公論）昭36・4
『典雅な姉弟』（婦人公論）昭36・5
『田舎医師』（婦人公論）昭36・6
『鉢植を買う女』（婦人公論）昭36・7
『ガラスの城』（若い女性）昭37・1

『相模国愛甲郡中津村』（婦人公論）　昭38・1
『土俗玩具』（婦人公論）　昭38・1
『小町鼓』（婦人公論）　昭38・2
『百済の草』（婦人公論）　昭38・3
『走路』（婦人公論）　昭38・4
『雨の二階』（婦人公論）　昭38・5
『夕日の城』（婦人公論）　昭38・6
『灯』（婦人公論）　昭38・7
『切符』（婦人公論）　昭38・8
『代筆』（婦人公論）　昭38・9
『安全率』（婦人公論）　昭38・10
『陰影』（婦人公論）　昭38・11
『消滅』（婦人公論）　昭38・12
『砂漠の塩』（婦人公論）　昭40・9

掲載誌としては「婦人公論」が圧倒的に目立つが、これは、『確証』から『鉢植を買う女』までが〝影の車〟、『土俗玩具』から『消滅』までが〝絢爛たる流離〟というシリーズで、同誌に連載されたという事情にもよっている。どの作品も、女性の愛と性を語る小説というのが、おおむねの共通点である。清張は、読者サービスの気持の強い作家である。失礼ながら〝女性には愛と性〟、「これがアピールのポイント」と認めていたのかも知れない。『土俗玩具』から始まる〝絢爛たる流離〟シリーズには、これに〝宝石〟が加わる。清張のサービス精神がどれだけ女性にアピールし得たかは、『波の塔』の頼子が消えた富士の樹海が自殺の名所になったり、『砂漠の塩』が「婦人公論読者賞」を得たりの結果で、推測できる。その〝女性の愛と性〟が、いわゆるハッピーエンドの恋愛小説でなく、ハッピーエンドになったはずの夫婦という男女の愛情を問いかけるものであるのが、清張小説の顕著な特徴である。藤井淑禎氏によれば、昭和三十年代の〈よろめき〉や浮気といった、女性の同時代性に重なり合っており、「清張ミステリーはそれらの雑誌に育てられた、ないしはそれらの雑誌の読者に育てられた」(「清張ミステリーと女性読者」、「松本清張研究」第三号、平14)そうである。その特徴が、行き着いた形で表現された小説、それが『砂漠の塩』であった。女性誌掲載の小説として、最後の位置にあるのは、その質的な意味をも象徴している。

清張に、早い時期から女性誌掲載の道があったら、たとえば、『火の記憶』『情死傍観』『恋情』『赤いくじ』『菊枕』『喪失』などの発表の舞台になっていたかも知れない。『地方紙を買う女』『一年半待て』『白い闇』『支払い過ぎた縁談』などにも、女性誌向けの要素が感じられるが、男女の情愛をテーマにしながらも、そこに人間を描くという態度が感じられるように思う。恋愛感情そのものをテーマにした『恋情』という作品でさえ、その読後感は、恋情よりもそれにかかわった二つの人生の語りといったものである。それが、『波の塔』『霧の旗』以来、愛情にかかわりながら女が生きる、その姿を正面から描くという小説に変わっていったように思われる。そのような清張式愛情小説の究極が、『砂漠の塩』という作品になったことは、先に述べた。そしてなぜか、清張の女性誌小説は、この作品をもって断絶する。

以後の作品にも、女性の愛情を記述する小説はもちろん書かれるが、おおむね、『歯止め』『突風』『証明』『記念に』『指』『式場の微笑』『高台の家』『足袋』『見送って』『百円硬貨』などのように、女の生の断面の描写か、『大山詣』『七種粥』『年下の男』『死んだ馬』『強き蟻』『礼遇の資格』『馬を売る女』『お手玉』『黒革の手帳』『疑惑』『聖獣配列』といった悪女の小説になる。女性誌と離れたので、社会のなかの女性といった作品が書かれるようになったのか、社会的な要素のために女性誌との関係が稀薄になったのか、女性誌との縁は切れても、女性読者には読まれ続けていたのか、筆者は、そこら辺の状況が測りかねている。

# 第10章　肉欲の愛　『内海の輪』

『内海の輪』は、昭和四十三年二月十六日から同年十月二十五日にかけて「週刊朝日」に連載された、〝黒の様式〟シリーズの最終作として発表された作品である。この連作は、清張が古代史への関心に傾斜するなかで、本来の推理小説から離れていないこともアピールしておくというような、多少余裕の筆致を感じさせるところがあるが、そのなかで『内海の輪』は、無理な力みがなく、自伝小説風に人生の断面が語られる作品になっている。シリーズの作品のなかで、やや異質な雰囲気のこの作品について、述べてみたい。

## 一　本能の素地

『内海の輪』は、推理小説であろうか。一つの殺人事件があり、その加害者が判明するという構造を、それが推理小説というものだと言えば推理小説だけれども、その殺人事件の一部始終が、小説の冒頭から綿密に読者に伝えられる、告白小説風な作品である。

告白は、主人公の宗三が、東京のある大学の大学院の学生であった頃から、始まる。静岡の和菓子屋を継いでいる長兄の寿夫が、名古屋の呉服屋の娘の美奈子と、見合い結婚をした。宗三には一つ違いの嫂である。長兄は、結婚まではぐずつくところがあった。後に知らされたことだが、寿夫には、関係のある女がいたのである。寿夫は、そのキャバレーの女と、新潟に駆け落ちした。寿夫の駆け落ち先の新潟まで訪ねて行く美奈子に、宗三は同行した。寿夫のいるアパートから出てきた美奈子は、「帰りましょう」ときっぱり言った。上越線の夜行列車が水上温泉駅に近づいた時に、「宗三さん、次で降りましょう」と、美奈子は突然口を開いた。水上温泉の旅館で、蒲団の下から手をさし伸べて、

「別れたのよ。本当に。だから、わたしはあなたの嫂でもないいし、あなたはわたしの弟でもないのよ。…今夜から宗三さんと仲良しになるわ。」

と、美奈子は言った。水上温泉で二泊、熱海で一泊、二人は狂乱の夜を過ごした。

結婚前に、どことといって特徴のない美奈子は、若いだけが取り柄の平凡な女に見えた。ところが結婚して後の美奈子は、宗三が実家に帰るたびに、「見違えるように女らしくなって」いった。硬かった身体つきがしなやかになり、顔は白くなって、眼の下や鼻の両脇に絹のような脂の艶がのっていた。瞳は、いきいきと動き、腰のあたりに丸みが出ていた。人妻になると、こんなに魅力的になるものかと宗三はおどろいた。

新潟に、嫂に同行してくれと父親に言われた宗三は、「胸の奥で動悸が鳴った。」「胸のときめき」が

あったとも、記述している。美奈子の方も「宗三の気持を知っていた」と書いている。その気持は、「愛情」と表現されるものではない。肉感的に変わっていく変貌を、眩しく眺めていただけの感情である。独身の若者の、ありふれた飢餓の感覚であった。

夫との離別を決心した美奈子が、義弟である宗三と、水上温泉と熱海と、三日間にわたって肉欲の時間を過ごした心のうちは、宗三への感情よりも、自らへの訣別の思いの耽溺《たんでき》であっただろう。それは容易に推測できるけれど、過去への訣別が、そんな狂乱の時間であったことが、美奈子の内面を語っている。小説は、「兄を愛することが深かっただけに、その復讐が激しかった」「新婚のような部屋の中に寿夫と女がならんで坐っているのを見なかったら、美奈子も普通の場合のように泪を流して名古屋の実家に帰って行くだけではなかったか」と宗三に推測させているけれど、復讐や衝撃が、自分の〝女〟に感情を寄せている義弟との愛欲に狂う結果になるのは、彼女にそれを求めるものがあったからと理解するべきであろう。小説も、「おとなしい美奈子にどうしてそんな情欲がひそんでいたか」と宗三におどろかせ、長兄との結婚生活で「急速に訓練」されたとしても、もともと美奈子に「その素地があった」ということだろうと推測させている。美奈子は名古屋の実家に帰り、宗三は数年後に彼女の再婚の噂を聞いた。

その美奈子に、偶然に銀座で出会った。松山の洋品店主の妻になっている美奈子は、三ケ月に一度の割合で、所用で上京していた。肉欲の記憶が、十四年ぶりの復活に容易に結びついた。

「あのときからみると、あなたも、すっかり男らしくなったわね。」

美奈子は、うっとりとしてささやいた。四十に手がとどこうとする宗三が、美奈子に誘導されて、受け身の陶酔にひたった。十四年の間の成熟はある。成熟した肉欲への耽溺は、美奈子の方に徐々に比重が重くなっていく。宗三にとっては、たまにレストランで味わう料理だが、美奈子には、粗末な家庭料理に食欲を失っていくのに比例して、レストランでの食事だけが食べ物の味になっていった。小説は、「六十一歳の弱い夫を持っている彼女の不均衡」と記述している。美奈子の欲望が、肉欲の渇望であることは、明瞭に認めてよいだろう。美奈子にとっての〝夫〟とは、性欲の処理を均衡に果たす能力を持つパートナーの意味しか持たないのであろうか。小説は、夫婦であった男女の十年以上の時間の中身については、述べるところが無い。

三ケ月に一度と思っていた宗三との逢瀬が一ケ月のうちに実現するかもと聞いて、美奈子は「うれしいわ」と宗三の手を握った。岡山の旅館で、女中が去ると「二人は待ちかねたように唇を吸った。」その感情は嘘ではない。宗三も、予定外の出会いを「一日でも早く遇いたい」気持で、待っていた。これは、愛情という感情ではない。求めるものが同じである人間同士の、心の通じ合いである。美奈子の眼の下の軽いたるみ、鼻のわきの皺を見ても、それは、腐りかけた果実に似た情欲を誘った。貪欲に求め合う欲望が、この時間だけの前提であれば、二人の心の調和は続く。尾道の急坂の暗がりで、美奈子は、「ねえ」と顎を心もち突き出した。「もう一晩、あなたと泊まりたいわ」と、ねだった。三ケ月に一度の規則を、一ケ月の臨時で味わった時に、彼女は、自分の求めるものとその生の感動に、あらためて気付いた。「私の身体は、あなたなしには生きていけなくなった」と、宗三の頸を両手に巻いて、美奈子は言い続けた。

美奈子にとって、肉の欲望を満たせない生活は、もう人生でない。肉体の官能に咽《むせ》んでいる時だけが、人生を感じる時間であるならば、それが無である時間は、生きていくに価しない。「松山に帰れない」という彼女、うかぬ顔をしている宗三に、美奈子は「愛情がないのね」と問いかける。宗三は、「愛情はあるよ」と答える。けれど、これは、愛情ではない。官能を享楽する男女の、思いやりであり、愛おしみの感情に過ぎない。二人が共有するのは、その享楽の欲望だけである。そのことを、十四年ぶりの宗三との耽溺のなかで、美奈子は十二分に悟った。それは、宗三の技量によって開眼した本能ではない。宗三は、受け身の陶酔を、それなりに享受していただけだ。肉欲が生のすべてという彼女の悟りは、水上温泉での夜に宗三が感じたように、美奈子の素地が開化したものであった。

『内海の輪』という小説は、肉体の享楽に生きている意味を見出した、素直で正直な女を描いた小説、と批評出来ないだろうか。朝起きて洗顔し、家族の食事や弁当を作って、昼過ぎにはテレビのメロドラマ、夕方近くなると、近所のスーパーで買い物、毎日呼吸をしているだけの生が、生きていると言えるだろうか。その意味では、肉欲という本能の歓喜にのみ生の喜びを発見した女の真実は、それなりに貴い。この作品は、それが殺人を誘引した要素として語っているけれど、それとは別に、情欲という素地を無心に育てた可愛い女という意味は感じられないだろうか。死の寸前に、雑木林の中で、最後の営みをした。その余韻のほてりのなかで、美奈子は断崖から落ちていった。この後の人生の索漠を思えば、人生の幸福な途絶と言えるようにも思う。

## 二　望まない殺人

先に、この小説を、告白小説と説明した。告白の形で、殺人にいたる感情と、それが露顕する事情を、丁寧に記述している。

まず、殺人にいたる感情であるが、これは、衝動殺人ではないけれど、ほとんど寸前にいたって抱かれた感情である。宗三の美奈子に対する感情は、直前に至るまで、愛情とは言わないまでも、愛おしく感じるものであった。「いつもより二ケ月早く遇えるといそいそ出てきた」美奈子を可愛いと思い、「好きな人といっしょなら、どこでもいいわ」と若い娘のようなことをいう美奈子を愛おしいと感じてもいた。「もう一晩」と肉に執着する感情は、宗三も同じであった。それもこれも、互いが本能を貪り合う趣味の仲間の前提によってである。宗三は、美奈子を「かしこい女」だし「安全な女」だと、思っていた。最初の日に岡山市内をまわっている時に、美奈子は、時々通行人に顔をそむける風があった。「度胸は決まっているつもりだけど、気がひけるのね」と言った。宗三が、「どきり」とした初めである。尾道の急坂で二人とも転んでケガをしたらという会話に、「その時はいっそ居直っていっしょに」と発言したのは、宗三の方である。そういう現実が来るなどという感覚は、毛頭と言ってよいほど稀薄であったからである。

「理性のある女」だと思っていた美奈子が、もしかしたら「危険な女」と感じ始めたのは、もう一晩大阪で過ごして、明日伊丹空港からという話になってからである。その空港で大学時代の旧友の長谷に出会ったことが、現実を加速した。洋品店の付き合いで長谷を知る美奈子は、隔離された耽溺の時間が、長谷の口から現実との接点になることを確信した。となれば、美奈子には、放棄すべきものをさっぱり放棄してという道しかない。この懸念は、実際は美奈子の杞憂であるけれど、生きる価値のある人生をという彼女の思いを後押しした。心の底では、美奈子の願望するものであった。女というものは、決心への踏切は時間を要すけれど、助走を始めたら愚かなほどに疾走の停止は不能になる。「そんな事態になったら」「学者の命とりになる」と畏怖する宗三に、思いもしなかった思念が、頭の中に湧いた。「それじゃ子供を生めよ」と言った時、それが現実の姿を持ち始めた。絶望に落ちた宗三は、思う。

赤の他人のように何のかかわりもなく眠りこけている横の女を呪詛《じゅそ》した。この女ひとりのためにおれは破滅に陥っている。この女とおれとの価値はくらべものにならない。この女は永遠に無価値のままだ。おれは先になればなるほど価値が出る。

宗三の思念は、傲慢《ごうまん》である。「無価値な女に陥《おとしい》れられるのは社会的に不合理である」と認識する。倨《きょ》傲《ごう》にして尊大。最後は、宗三の人間性を暴露する記述になるけれど、宗三の殺人者への経緯は、丁寧に記述されている。

殺人が明らかにされる事情についても、注意深く語られている。岡山に向かう時に、新幹線で出会った新聞記者の長谷には、伊丹空港でも宗三と美奈子に出会わせて、破滅の現実化に貢献させた。有馬温泉から蓬莱峡まで二人をタクシーに乗せた運転手は、不倫のにおいのする中年男女の記憶を、家族に話していた。東京駅の手荷物一時預所の「公報」に、美奈子のスーツケースとハンドバッグの記録が残されていた。白骨死体の身元が確認されて、美奈子と十八年前に離婚している前夫の寿夫を訪ねた刑事は、その「江村」の姓を記憶していた。これらは殺人事件の解明に寄与した要素であるけれど、清張作品ならではの秀逸のトリックは、現場近くの「最後の営み」の場所での「ガラス釧《くしろ》」の発見である。それを最後まで秘匿《ひとく》し通すことの出来なかった〝学者〟の意識が、殺人を暴露する切っ掛けになった。宗三は、ガラス釧を発見した時、最初は美奈子の落としたアクセサリーの破片かと思った。「美奈子の霊が手に纏《ま》いていたものを与えてくれた」のかと思った。不実な消滅を与えた者に対する、まことに象徴的な報復であった。さらにまだある。冒頭、池袋の連れ込み旅館から出て自宅まで乗った、東京の地理不案内で口喧嘩になったタクシーの出稼ぎ運転手が、郷里の尾道で、駅から旅館まで乗せた男女を鮮明に覚えていた。現代の社会状況を背景に巧みにからませて、起承転結、これほど見事に語られた作品は、清張作品のなかでも、他に例を見ないものではあるまいか。殺人の動機も、殺人発覚の経緯も、作品自身が語る形で、この小説は書かれている。これを推理小説と呼ぶなら、通常とは異質の性格を認識しておかなければならない。

## 三　現実感覚

『内海の輪』という小説は、人間描写も現実感があり、推理的な構成も秀逸で、よくまとめられた佳編と評せる作品であるが、この小説には、それにもまして惹かれる部分がある。たとえば、次のような場面表現。

○それは雪の宿だった。新潟の帰りに水上温泉に二人で行った。駅が近づいて急にそこで降りようと言い出したのも彼女のほうだった。宿に向かう暗い坂道が凍てついて、靴がすべった。美奈子が手をとった。冷たいが、強い握りかたであった。そのときは娉だった。

○温泉駅に降りたときから宗三の動悸は高鳴っていたが、黒い空から乱れ落ちる粉雪が熱い頬に快かった。冷たい風を真正面にうけて泪が出た。その中に旅館街のあたたかい灯の色がにじんでいた。

新潟からの帰り、水上温泉駅で降りた場面である。宗三の心内も、美奈子の感情も、直接に表現するところはない。美奈子は、夫がいるアパートから出てきて「帰りましょう」と言葉を発した時から、寡黙を守っていた。説明も解釈もない、水上温泉駅の雪の夜の描写が、二人の感情を読者に伝える。行き届いた丁寧な説明は、かえって作為の表層を感じさせる。場面を伝えるだけの表現に、心の底の思いが、実感を持って感じられる。温泉駅に着く前に、列車の隣席に、五十年配の男と二十五、六の和服の女が乗っていた。女の話しぶりは下品だった。何の説明もない描写が、美奈子の心の中を映すように、読者に伝えられる。作品の表現は、新聞記事的である。説明はしない。事実だけを語る。事実だけを伝えられて、読者は、揺れ動く人間感情を身近に感じる。この生々しい実感が、この小説を支える本当の価値のように、私には思える。

一ケ月のうちに岡山で再会できると言われて、美奈子は、尾道なら「山陽旅荘」がいいと言った。交通公社の案内所に聞き合わせて貰うと、改築中で当分休業していた。公社の担当者が択んでくれた「内海荘」に決めた。美奈子に連絡した時に、彼女は、「山陽旅荘」はどうかしらと、電話口の声を落として言った。改築中で休業と伝えると、「あら、そう」と言って、その後話題にのせることはなかった。この記述は、この作品に、どういう意味を持つのか。まったく意味を持たない。ただ、時間の経過のなかにあった事柄を、作為なく語っただけ。先の、語らない記述に比して言えば、これは余計なことを語る手法とでも言える。事実としてあった事柄を、作為なくそのまま語っているだけという記述の姿勢が、小説世界の現実感覚に寄与している。

尾道の旅館から、街に下りていく坂道は、垂直に感じられるくらい急であった。この場面での「あたし、高所恐怖症なの」の言葉が、後の殺人の一つの要素になるけれど、この場面描写の意図は、そのためだけとは思えない。

また少し下りたところで、美奈子は立ちどまり、

「こわいから、わたし靴を脱ぐわ」

と、上体を宗三にあずけ、脚を片ほうずつうしろに折り曲げて中ヒールを脱った。美奈子は、それで少しは安心したらしく、脚の運びも速くなった。靴音は消えた。女が靴下の裸足で地面をピタピタと歩くのは、妙な情感を起こさせた。

ほの暗い闇に、浮きでる女の白い脚。女の姿態に感じるエロチックな情感は、読者の方が敏感に感受している。外灯の光を遮断している樹の茂みでの抱擁。女は、男の「舌の先を歯の間に引き入れた。木の葉の匂いがしていた。」この鮮明な生々しさは、いったい何であろう。人間の刹那の感動に、共感を寄せる感情で描写されている。刹那に消えていく生の感動、それが人生の本質という意図が示されたというほどのものではない。作者の人生への態度が、不慮ににじみ出た描写、そのように理解しておく。

旅館に戻ってみると、部屋は離れの方が空いたので、そちらに移ってはと勧められる。人目を遮るように高い竹垣で囲まれた、風呂場も炊事場もある離れであった。「ここ、ちょっとした所帯がもて

るわ」と、美奈子は満足した。向かいに、「汐見山荘」のネオンが見えた。女中が、タクシー運転手に声をかけた。「帰りに、ウチのお客さんを福山まで送ってよね。」これも何の意図もない言葉。小説は、破滅に向かっていた物語を記述しているのだけれど、その意図よりも、現実にあった場面を懐かしみながら、淡々と記述しているように見える。尾道の街に下りて行った時の、船着場の描写もそうである。翌朝、駅で付近の案内地図を見て、思いついて訪ねた鞆の仙酔島の描写もそうだった。清張作品に、旅行小説の先駆けを見る人がいる。あるいは無意識にそのような意識もあるかも知れないが、語りの本旨は、宗三と美奈子の時間にあった事柄をそのままに記述した、そういう現実感覚の描写のように思える。

現実感覚と言えば、宗三ほかの人物の描写も、日常的な現実感覚の中で語られていた。新潟に一緒に行く車中で、「兄のことしか考えてない美奈子に軽い失望を覚え」たり、岡山に出かける宗三の旅支度を手伝う妻に、「ちょっと良心が疼い」たり、朝から晩までの耽溺の時間に「気持を弾ませ」たり、小心な不倫願望の中年男の埒外を出ない。そして、若い女と違う美奈子は、「危ないとなったら」あっさりと別れていく「迷惑をかけない女」だと、勝手に都合よく決めている。美奈子がどのように言って家を出て来たのかを気にしたり、新幹線で会った長谷にも、言葉を選んで曖昧にごまかしたり、旅館で美奈子が記帳を済ませていてくれたことに安心したり、あまりに小者である。美奈子の、冗談に近い「度胸を決めている」の言葉に、「どきり」とする。結局、伊丹空港での長谷との出会いがき

っかけになって、ありふれた不倫が明るみに出た時には、自分は、
　社会的な非難を受け、大学から放逐されるかもしれない。家庭も破壊されるだろう。学徒として
　の順調な道も滅亡する。
その防御のための策略だけが、宗三の頭を占める。あまりに日常的、あまりに小心、〝学徒〟などという言葉を使われるのも恥ずかしい。最後の営みの場所で得たガラス釧《くしろ》が、裏切った愛人への報復の機会を美奈子に与えるけれど、これも、つまりは卑俗な願望を抑えられなかった宗三の小ささのためである。そのように考えると、この小説は、美奈子に劣らぬくらいに、卑小の人物像を宗三に形象しているとも見える。

長兄寿夫の凡庸も、よく描かれている。見合いをした美奈子の印象を、弟に「どう思う？」と訊く寿夫は、むしろ否定的な返事を期待していた。キャバレーの女との間で、判断をつけかねて動揺しているだけの三十男。一人前の和菓子職人の技量もなく、年上の女に引きずられて新潟まで駆け落ちし、「働きに出ている女の戻りを待っている髪結の亭主」然として、弟とアパートで話す兄。どのような思念もなく、なりゆきにまかせて生きている、没個性の男。アパートから出てきた美奈子が、「いいんです。もう」と言った激しい口調に、だらしないだけの中年男を見限った感情が表現されていた。後に、訪ねて来た刑事から、美奈子の死を知らされた寿夫は、「はずみであんな結果になったが、無理に別れることもなかった」と、宗三に語っている。それを聞いた宗三は、それなら「兄は辛抱すれ

ばよかったのだ。そうしたらこっちも殺人をせずに済んだ」と、心内に思う。未熟な菓子職人も、学位まで得た大学教授も、大差のない人間性である。不実な夫に恨みの言葉を発しない美奈子の「心根がいじらしい」と言っていた両親も、別れの挨拶を述べる美奈子に、「態度は冷たかった。」

凡庸な家族関係のなかでの、ありふれた人間関係の崩壊。その中で結ばれた、これもありふれた不倫の結びつき。運命的と表現されるほどの、結びつきではない。なりゆきの、雄と雌の本能の耽溺。人間の悲しい性が淡々と記述されているような現実描写、小説『内海の輪』に共感を感じながら読み進められる要素は、この部分であるように思う。

## 四　清張の常識

小説『内海の輪』を、中年のありふれた不倫殺人小説の印象から救う、もう一つの要素が〝考古学〟である。殺人に考古学もあるまいとも思うが、清張執着の、見栄のようなものであろうか。

考古学的な一つの報告が学界にはいってきた。兵庫県西宮市岩倉山西北方の山麓から銅剣一個と弥生中期の土器数個が山歩きの青年によって発見されたというのである。

と、記述が始められる。知られるように、兵庫県南部の地勢は、北の山岳地帯を背に南の瀬戸内海に面する、海浜のような形状になっている。どの地域を歩いても、北から南に傾斜していく坂道を歩いているような感覚がある。山麓丘陵地帯に、弥生時代の遺跡がよく発見されている。しかし、最初に述べておくと、西宮の北、宝塚から逆瀬川沿いに有馬にいたる地形を扼《やく》す位置にある岩倉山には、遺跡は発見されてはいない。この部分は清張の創作であるが、その設定の事情について、多少記述しておきたい。

小説も記述するように、瀬戸内海を前面にした、背後の六甲山系の諸処に、青銅遺物をともなった、弥生時代中期の高地性遺跡の散在が、近年になって、認められるようになった。小説は、五箇山・会下山・城山・保久良山・伯母野山など、おおむね東方からの順に、名をあげている。

五箇山遺跡は、六甲山地東端に所在の甲山の東麓を流れる仁川に面した丘陵部に所在、昭和三十三年、最初に住居跡が発見された。遺物は、土器・石器が中心であるが、かなり大きな集落遺跡と見られている。会下山遺跡は、芦屋市三条町に所在。昭和三十一年に、当地の中学校裏側の山の斜面から弥生時代の遺物が見つかったのが端緒で、その後数次にわたる発掘調査で、山頂の尾根上に住居跡七棟以上の集落跡を確認した。倉庫・屋外炉・祭祀場・廃棄場など、集落構成のすべてが集中して発掘されて、高地性集落遺跡としては屈指のものである。遺物は、石器のほかに、鉄・銅の鏃・斧なども多い。城山遺跡は、芦屋市の通称城山の山頂部、会下山遺跡とは、高座川を隔てた東側に所在する。東西への眺望が良い。昭和二十二年に土器片が採集され、その後に数次の調査がなされた。保久良山は、標高三五〇メートルの金鳥山の前山で、式内社保久良神社があり、遺跡はその東西に広がって所在している。標高一八二メートルの高地性遺跡で、昭和十六年に、樋口清之氏が注目、磐境・磐座が遺存する。銅戈《どうか》一が出土している。伯母野山遺跡は、神戸市灘区篠原伯母野山、六甲山地の長峰山南麓。昭和二十二年に、付近から弥生土器が採集され、発見された。多数の竪穴住居が推測される高地性集落跡で、多量の土器・石器も採集されたが、現在は、開発により原状をおおくとどめない（村川行弘『兵庫県の考古学』、吉川弘文館、平8）。

小説中にあげられた高地性遺跡は、以上のようであるが、不思議なことは、小説執筆時点に最も近い昭和三十九年に、銅鐸《どうたく》十四個、銅戈《どうか》七個を出土して話題になった桜ヶ丘遺跡が、書かれていないことである。小説中にも記述されるように、弥生時代、銅剣・銅鉾《どうほこ》は北九州圏、銅鐸は畿内圏で使用された遺物と見られていたが、銅剣の一種である銅戈の出土は、それを覆す発見で、全国的に議論を巻き起こした。これらの銅鐸・銅戈は、国宝になっている。我が国の考古学上のモメントともなった桜ヶ丘遺跡が記述にないのは腑に落ちないが、逆に言うと、それを隠して、清張は、小説中の素材に利用していたということであろう。いや、「隠して」ということではないかも知れない。「考古学的な一つの報告が、学界にはいってきた」とは、述べてあった。ただし、「銅剣一個と弥生中期の土器数片」と遠慮しての活用である。

小説中に書かれる「岩倉山」は、裏六甲の東端である。知られる高地性遺跡は、高地とは言いながら、六甲南麓から海岸に至る地形を利して作られている。「岩倉山」とその西北方の修験者が根拠としそうな高地とは、まったく条件が相違している。殺人の舞台となった蓬萊峡は、ロッククライミングの基地にもなるほどの断崖である。伊丹空港から有馬温泉に向かうタクシーは、大多田川に沿う県道五十一号線を通る（「タクシーなら、普通は高速道路を通って来ますけど」、過日、筆者が有馬温泉に投宿した折りには、ホテルマンはそう説明した）。「右側の窓には、川が流れ、その向こうに突兀《とつこつ》として白い山がそびえていた」と記述する通りである。蓬萊峡へは川を越して行かなければ達しない。六甲山南麓の高地性遺跡という考古学上の話題を取り入れながら、小説場面に恰好の場所を選んだという清張の工作は、明瞭すぎるほどである。小説の記述とは関係ないが、昭和四十五年の暮に、甲山の山頂部で、露出していた銅剣一個が、登山中の高校生によって発見されている。祭祀的な要素と思われるが、六甲南麓に属する甲山は、その東の五箇山の遺跡が知られているのだから、そういう発見の可能性は考えられた。示唆的にも見えるが、小説との前後関係は逆であり、まったく無関係な偶然である。小説中の「ガラス釧」に至っては、主人公が発表の誘惑に耐えられず、事件の発覚につながる〝発見〟だが、清張は、ここに非現実の設定を編み出した。宝飾品の腕輪である「釧《くしろ》」は、銅製のものは見得るが、ガラス製はきわめて珍奇である。そのような魅力を不慮に編み出す清張の能力に、ここは敬意を表しておきたい。

## 五　平均的市民

小説『内海の輪』は、清張の推理小説が、昭和四十年・四十一年とやや空白があった後に、「週刊朝日」の〝黒の様式〟と題した推理小説シリーズの中で書かれた作品である。同シリーズの作品は、一『歯止め』・二『犯罪広告』・三『微笑の儀式』・四『二つの声』・五『弱気の虫』と続く、その第六話『霧笛の町』（原題）として発表されたのが、『内海の輪』である。シリーズ作品は、殺人事件そのものを中心にして、それと全面的に向き合ってという小説の形でないところと、どれもおおむね謎解きになっているところが、ほぼ共通している。この中で、犯人自身が事件の告白をするような『内海の輪』は、形式的にもやや異質だが、作品の雰囲気にもやや異なるものがある。

清張は、推理小説に〝動機〟を重視して描きたいと言い、そのために、犯人が最初から分かっているる「倒叙」形式の記述が似合っていると言ったが、『内海の輪』の場合は、まさにその理論の作品化といった内容になっている。犯人となる主人公の考古学者は、つい昨日までは、そのような行為をおかすことになるとは夢にも思わず、平均以上に平穏な市民生活を送っていた。これも人並みと言っても良いかもしれない秘密の情事は、過去からの感情の積み重ねもあり、心身ともに欲望の満足されるものであった。

過去から現在に至る、宗三と美奈子の情愛の結びつきは、これが小説の意図かと思われるほどに、現実感をもち十分な情緒で語られている。事件は、三ケ月に一度という性愛に満たされていた二人が、求める感情のままに、一ケ月後に再会という機会を得たがために起きる。離れ難い執着のあまり、明日朝の連絡船まで、さらに翌日は伊丹からの飛行機にと、ぎりぎりまでに延長した結果として、破綻以外に道のない状態になってしまう。それでも、二年ほど前に書かれた『砂漠の塩』のように、二人の感情の完結として解決するならば（すべてを捨てて結ばれる道を選ぶならば）、絶対的な破滅の事態にまでは至らない〝破綻〟であった。肉体の欲望を前提とした、表面の世界とはけっしてかかわることのない関係という、その限りでは理想的であった結びつきが、その枠を越えようとした途端に、その阻止以外のことを思慮し得ない人間性の平凡。宗三と美奈子の関係の顚末《てんまつ》は、小市民的な一つの人生の裏表を見た気がする。蓬萊峡での殺人の記憶が、読者には意外に稀薄である。それは多分、宗三と美奈子のここに至る感情の経緯が、自分のことのように感じられた結果であろう。

清張小説の描く人間は、不思議である。文学の感動というものには、憧憬や敬意の要素もある。その時には、英雄が主人公になる。文学には、共感の要素がある。その時には、孤独で寂しい人間が、おおむね主人公となる。それを象徴して描くあまりに、日常的な感覚を超えた異常な人間性や極悪人を、記述の対象とすることが少なくない。清張小説の感動ももちろん共感であるが、家庭や社会環境のなかで呻吟する姿への共感ではない。平均的には上層階層に近いほどの平均的市民が、身近に感じる人間描写である。清張小説は市民小説、そのようにも規定できる。小説『内海の輪』は、そういう清張小説の特徴が最もよく表現された作品というふうに、筆者は感じている。冒頭の池袋の旅館街からタクシーに乗る場面に始まり、郷里に戻っていた運転手の証言で殺人事件が解明されるという、巧妙な推理小説手法がそれに加わる。見事な小説性に、筆者は感嘆してしまうのであるが、どうであろうか。

# 第11章　飛鳥のイラン文化『火の路』

『火の路』は、昭和四十八年六月十六日から翌年十月十三日までの約一年半、「朝日新聞」朝刊の連載小説の形で発表された。昭和の現代史・戦後史から古代史へ、文学作品よりも歴史の真実の解明に意欲を示した清張が、その歴史把握の小説の形での提示を、意識して試みた作品である。古代イラン文化の飛鳥への流入という事実を、本来作家であるという自覚に立ち戻って記述された作品は、清張の並々ならぬ意欲と実験的な意識によって書かれたのは確かだけれど、結果として、どのように評すべきものになっているだろうか。極力、正確な把握に努めてみたい。

## 一　酒船石と伊予灘

清張作品の特徴の一つは、いち早く清張の語りの世界に惹きつける冒頭叙述の巧みさと、無量の感懐を抱かせる余韻の終末である。作品『火の路』においても、その特色はよく発揮されて、清張の作品にかける思いを感得させるものがある。冒頭の、梅だけは満開だった。農家の垣根の中にも、寺の塀の内側にもそれがある。くすんだ百姓家の屋根を背景にしてみると、枝に雪を置いたように見えるのだが、大和に多い白壁が後ろだと花の様子が分からない。げんに松林の中に咲いている一本の梅も、せっかくのことながら寺の細長い白塀のために目立たずにいた。その寺が川原寺だった。

という一文。巧緻な美文というわけではなく、素朴に飾らない雰囲気が伝わる自然描写である。これを、次の文章と、比較してみる。

薬師寺から唐招提寺へ出る道は、彼女の一番好きな道の一つである。八年前に来た時は晩春で、両側の築地塀の上から、白い木蓮が咲いていたものだった。この道の脇にある農家の切妻の家に、明るい陽が照って、壁の白さを暖かく浮き出していた。が、今日は、うすく曇って、その壁の色が黝《くろ》く沈んでいる。(『球形の荒野』)

同じ大和路の描写だからというせいもあるが、どちらが、どちらの冒頭に来ても良い。読者を、平易に、古都の世界に導いてくれる。日常世界からふっと作品世界に導入される、清張作品の冒頭叙述の特色である。

その中で、また今一つの特徴がある。「道路には観光バスが通った。運転台の横にはマイクを口の前に添えたガイドさんが白い手袋を挙げていた」といった導入は、「いましもこの広くもない境内に二十四、五人の中年男女が、初老の男を中心に半円形に取り巻いて立っていた」という『黒い空』の導入場面にも似るところがあり、先述の自然描写に導かれて大和路に足を踏み入れた読者に、「おや、なに？」と立ち止まらせるような役目を果たしている。今一つの特徴として、筆者が指摘しようとしているのは、むしろ、次のような表現である。

「バスガイドというのは、実にいろんな歌をとり入れますからね。想像でそう言っただけです。もう一つ言うと、この丘の裏に倉椅山が見えるから、それで、ええと、倉椅山をさがしみと…」

と、詰まっていると、運転席に坐っている中年の観光課主任が前から、

「はしたての倉椅山を嶮しみと岩かきかねて我が手取らすも…ですな」

といった、教養趣味的な表現。この場合は『万葉集』の歌であるが、清張小説では、俳句・考古学・民俗学・古代史・美術絵画などが、そういう役目を果たすことが多い。読者が逍遙する世界が、上品な趣味的世界であることを、ほんのりと意識させられる。さらにまた、

○「若い女がここに登ってくる。この酒船石の横に立ってもらうんだな。古代の巨石と現代の女性とは対照だ。アリなんかを写すよりは、よっぽどいいぞ」（中略）

「まぁ、ご本人を拝見してからですね」と、妥協の余地を残した。

○「…いくら何でも天皇陵を盗掘するヤツはいまい。ずっと昔のことならいざ知らず、現代ではね。監視もきびしいし、第一、天皇陵を盗掘するなんて大胆不敵なことは出来ないよ。」

「けど、人間の欲望の前には天皇陵の尊厳も見えないといま福原さんも言ったばかりじゃありま

せんか。色欲も物欲も変りはありませんよ。…」

といった高踏的な揶揄の表現。これらも、日常的な世界から、読者を、安心して心地よい作品世界に惹き込んでいく役目を果たしている。導入部分に、なにやら訳ありの女性を配するのは、『数の風景』などにも見られる、清張の工夫である。このように凝った表現や工夫をするのは、清張が、この作品に特に思い入れる要素があるという証明でもあるが、さらに、清張の思い入れが知られる表現。

海津の屍は山の動物や翼の大きな鴉に喰い荒らされて、骨だけが残った。イランの「沈黙の塔」を通子は想った。突兀《とっこつ》とした岩山の上に立つ暗鬱な円塔を、大鴉の群れが舞う青い空を。

御身を　そこから　聖なる

鳥たちが　いろいろな方角に

運び去った…

これまた似た表現をあげると、

禎子は、いつぞや、現在立っている場所と、一〇〇メートルと離れていない岩角に立って、心にうたった詩が、この時、不意に、胸によみがえった。

In her tomb by the sounding sea!

とどろく海辺の妻の墓!

禎子の目を烈風が叩いた。

言わずと知れた、『ゼロの焦点』のエピローグである。『火の路』が、清張の代表作と評される作品に対比される首尾の場面・表現を持つということは、清張作品がそういうすぐれた特徴を持つということのほかに、先ほどから述べているように、作品『火の路』にかける、作家清張の意気込みが示されている、そういうものでもあった。それがどういう意気込みであるか、追々述べていく。

## 二 京都の一夜

作品を文学たらしめる基本の要素は、人物描写である。構成や展開がいかに巧緻であっても、人物が機械仕掛けの人形であっては、読者の共感は誘わない。清張も、それはよく理解している。小説『火の路』は、女流の歴史学者高須通子を主人公にして、若い才能が翻弄される人世の一面を描くという、文学作品らしい構想で始められている。しかし、この小説で清張が語りたいことは、若い女流の不遇への哀惜ではなく、目的は別にある。高須通子の描写は、文学作品を装う仮の姿であるが、それなりの人物描写は出来ているると評せるのではないかと思う。

高須通子は、小説の冒頭酒船石の見物に来た若い女性として登場する。

女の姿が黄色い草むらの下からせり上がってきた。福原は眼の端に膝の上までしかない綿のうす茶色のコートとスラックスの青い色とを確認したが、すぐ正面からふりむく不作法をつつしんだ。

ということから始めて、「専門の若いモデル」のようにはいかないが、「現代娘の感じは立派に出る」程度の女性、飛鳥川の岸近くで発見された酒船石の所在を質問して、役場の吏員に思わず顔を見直させた女性、「男が持つ無愛想な黒表紙で普通よりは大型な」手帳にメモを取る女性、彼女が、「正体のはっきりしない遺物には、歴史学者も考古学者も発言しない」という会話に、くすりと笑ったり、「何か関係者が浮かべるような意味ありげな表情」を見せるなどの記述で、清張は、この女性の輪郭を彷彿とさせている。『ゼロの焦点』の禎子に、夫の周辺の自分以外の女を感じさせた、あの手法である。

だが、こういう人物描写の仕方も、通常の小説の場合とはやや異なるところがある。普通の小説の場合は、容姿や性格を含めて生きた人間の姿を描写するのが、文学の第一要件であり、人物が置かれた立場とか環境とかは、人物描写を支える補助的な要素として書かれるが、清張作品の場合は、置かれている状況から、人物が描写されていくといった面があるように思われる。この小説でも、酒船石での出会いの翌日、新薬師寺への途次の骨董店での再度の出会いと、その時に同席した国立東京美術館特別研究委員と雑誌編集者との後日の面談のなかで、徐々に輪郭が鮮明になるという形を取っている。その結果として、T大学史学科日本史専修の助手で〝新進気鋭の学徒〟であり、法学部出身のコンプレックスでエセ実証主義の久保教授、久保教授の前に卑屈に奉仕するしかない板垣助教授の下で、自分の才能を伸ばそうにも伸ばせない才女、学者のタマゴとして独立独歩、ゴマすりを知らないで久保や板垣が内心手を焼いている新進学徒という、高須通子の立場と状況が伝えられることになる。普通の小説なら、それは単なる外枠に過ぎないが、清張においては、その外枠が重要なのであり、それが新たな展開の始発となる。しかしそれでは、あまりに人物描写の欠如、従って文学性の稀薄を懸念するところから、血の通った〝人間〟めいた記述を添える意識になる。

冒頭の酒船石の現場で、雑誌編集者の福原の再三の慫慂《しょうよう》にも、通子に写真モデルを拒み通させたりした記述などは、そういう意識によるものであろう。飛鳥の石像遺物についての考察を進めている通子が、偶然酒船石撮影の現場に来合わせたことには、現実性がある。

あまり若くはない女性や自分を美人とは思っていない女性、それに多少とも教養ありげな女性はカメラに入ることをよろこばない。雑誌のこととなると特に忌避される。いわば「硬質」な女である。

福原の誘いにのらないで拒否するだけの女が、何のためにこの場面に登場したのか。それは多分、人間描写をするという清張の内面を反映したものであったろうと思う。

清張のその意識を、もっと明瞭に認識できる叙述がある。それは、通子のイラン出発に先立って、郷里の松本に帰った際の、縁戚の山尾忠夫との関係をめぐる記述である。忠夫は、通子の母親の従妹の子で、通子より八歳の年長、東邦電機という会社の技術者である。イランなどという国に女一人旅行に出る通子を心配して、忠夫の会社関係を通じて世話を頼んでみたらという父親の発言に、通子は、思わず「語気強く」拒絶した。通子には、拒絶の理由があった。ここから、通子の記憶は、数年前の琵琶湖畔に遡る。

お堂の中のうす暗いところにつるされた紅色の提灯が一点を真赤に輝かせていた。小さな堂の前を何度も通りすぎ、周囲をめぐって歩いた。欄干があって、横側の水には芦が青く繁っていた。裏側は琵琶湖が強い陽をうけて光っている。対岸に低い丘と町とが眩しげに流れていた。傍に山尾忠夫がいた。忠夫はうつむき、はなれて先を歩いている。通子は、多量の睡眠薬を手に入れたいと忠夫に要求していた。

忠夫の結婚式があって二ケ月ほど後に、大学院の研究室に忠夫からの電話がかかってきた。忠夫は、北海道への新婚旅行直後からの、妻との別居を語った。新妻の郷里は、滋賀県の彦根。通子は、「わたしが彦根に兄さんを連れて行く」と言った。京都駅に着いたのが、午後一時。「まだ明るい」と言う忠夫の気鬱に付き合っているうちに、夜が深まって、ホテルで一夜を明かしてしまった。堅田の浮御堂の描写。そして、通子はなぜ「忠夫に、多量の睡眠薬を要求」しているのか。

あくる日から通子の煉獄がはじまった。

と、小説は書いている。琵琶湖畔を歩いている時も、通子が「多量の睡眠薬」を、忠夫に求めた理由である。通子の自責と、その煉獄は分からない訳ではないが、正直なところ、読者には唐突な印象ではないだろうか。すでに大学院生でもある通子の、〃幼稚〃とでも評せる、短絡な感情である。言っておくけれど、通子と忠夫のこの関係は、小説『火の路』の本筋には、関係がない。京都の一夜から通子の肉の享楽が始まったと書いても、小説の展開にはさほどの支障はない。それなのになぜ、通子の苦悩と煉獄の思いを、強調し続けるのか。要するに、人間描写である。不用意な一夜に苦しみ続ける女として設定した方が、より〝血肉を通った人間〟らしい描写になる。清張に対して申し訳ないけれど、筆者には、安易な発想に思える。

イランの旅行中も、

日本の電気会社がマイクロ・ウェーブの架設にこのへんまで技術員を派遣してきたと聞いて、通子は漠然と不安を感じた。

から始まって、忠夫が依頼したらしい支店駐在員に接した時、現地案内者のシミンが心配して声をかけたほどに蒼ざめたり、異常なほどの神経を示している。ところが、小説の終末近く、通子が四国の女子大に赴任する直前に、突然忠夫からの離婚報告と通子への求婚があった時、通子は断りの返信をするのだが、

いつか、イランのイスファハンで山尾忠夫との出遇いを期待し恐れたような胸のとどろきは、何も起らなかった。

と、書かれてある。それまで、「火がついたように怒った」り、「漠然と不安を感じ」たり、「顔色が蒼ざめる」ほどに懼れた、その中身は「出遇いを期待」したものであったのか。私の読みとりが鈍感

だったのかと思う一方で、やはり周到な心理描写はなされていなかったのではないかと、感じる気持の方が強い。その場その場で、生きた人間に見えそうな記述をしただけのことではないかと、感じる。

この忠夫と通子の交渉に関連して、思い出される作品がある。『内海の輪』という小説である。『内海の輪』では、主人公の宗三が、嫂の美奈子と一緒に、キャバレーの女と駆け落ちしている兄を迎えに、新潟に行く。兄は連れ戻せなかった。帰りの列車が水上温泉駅に近くなった時、美奈子が突然に、言った。

「宗三さん、次で降りましょう」

水上温泉で二泊、熱海で一泊、二人は共に夜を過ごした。この小説での美奈子は、目覚めた情欲の中で、人世への踏ん切りをつけた。美奈子には、懸命に生きる女の心を感じることが出来るが、『火の路』の通子には、ただ自責と後悔と、それを死によって抹消しようとする後ろ向きの心性しか感じられない。通子と忠夫の京都の一夜の記述は、五年前に書かれた『内海の輪』の場面が想起されながら書かれたものであろうと推測するけれど、その一夜が、男女の関係としては、全く逆の結果を導いていることの意味は、良くは分からない。下種のカングリをすれば、通子の人間描写に『内海の輪』の叙述を利用したが、一夜の結果が同じことになっては、見え見えの記述になってしまう。それを避けただけのことかと、短絡な推測ではあるが、そのようにも感じてしまう。

人物描写と言えば、女流史学者高須通子の陰画とも言える海津についての記述が、避けられない。

海津は、佐保の路上でシンナーを吸った若者に刺されたことが新聞記事になり、国立東京美術館特別研究委員の佐田が「海津」の名前を見て、福原副編集長に語った内容が、通子にも伝わるという形で、人物像が明らかにされる。この場合も、通子のときと同じく、外貌的な把握から始められる。まず「たいへんな史学者」であったこと、岡山県の津山の旧制中学の歴史の教師であったこと、著名な歴史学者の山崎厳明にしきりに論文を送り、それが評価されてT大学の助手になったが、山崎教授の死後は庇護者を失って退職した。先見的な研究の価値は、隠然とであるが、当時から高く評されていた、などである。

このように書くと、読者にはすぐ想起される小説がある。弥生時代の研究で知られた民間考古学者森本六爾をモデルにした、評伝小説『断碑』である。六爾は、奈良県の三輪山近くの畝傍中学を卒業した後、小学校の代用教員を勤めながら、近隣の遺跡や遺物の研究に熱中した。東京帝室博物館歴史課長であった高橋健自にしばしば論文を送った。東京に出て研究を続けたいという六爾の希望に、高橋は「心あたりがないでもないから」と返信したが、それに応えるように、六爾は早々に出京した。博物館への就職は出来なかった。六爾は官学に敵意を燃やしながら、民間の考古学者として三十四歳の生涯を終えた。海津の人物像の枠組みが、小説『断碑』を下敷きにしていることは、容易に推測出来る。

海津の人間像に関して、さらに無視できない要素は、佐田が洩らした言葉である。

「噂だけだがね、なんでも、海津信六の転落は、女のためだったということだよ」

新進気鋭の考古学者の、〝女による転落〟。これにも、実は先蹤となる小説がある。『真贋の森』という小説は、「日本美術界の大ボス」の嫌忌を受けて、美術界から追放された男の話である。追放の理由は、大ボスが、主人公である人物の「或る女との同棲」を咎めて疎むようになったのが近因であるが、本当の原因は、大ボスが嫌っているライバル学者に接近したことが、逆鱗に触れたというものである。主人公は、意図的に贋作を製作することで、彼の代わりに権威の座についた同期の学者の転落を企図するが、寸前で失敗する。新進学者が〝女〟のために転落の道をたどり、〝贋作による復讐〟を意図する。『火の路』が、約十五年前に書かれた『真贋の森』を利用して作られた作品であることも、明らかと言ってよいであろう。

ということは、『火の路』の構想において、独創性には欠ける性格があるということであるが、筆者は、そのことを批判して、今述べているのではない。たしかにそれは、称賛には反する要素ではあるけれど、高須通子・海津信六の人間描写にあたって、清張が記念的な意識と感情を持つ『内海の輪』『断碑』『真贋の森』などの作品を踏まえるという事実によって、これが清張作品に底流する要素であることと、『火の路』がそれだけ清張の意欲的な執筆姿勢をもって書かれた作品であるということ、そのことを指摘しておきたいというだけのものである。

## 三　論文小説

小説『火の路』に、清張はなぜそれほどに新たな執筆意欲を持って取り組んだのか。それが、次に説明を要する問題になる。このことに関連して、次のような発言がある。

「新聞の連載小説で、劇中劇じゃないですけど、そのとき、いちばん関心をもっている古代史を論文の形で入れてしまうというすごさ。なかなかやれないと思うんです」（阿刀田高『松本清張あらかると』、中央公論社、平9。所引）

発言者の藤井康栄氏は、雑誌編集者として、清張に長年親炙《しんしゃ》してきた人である。『火の路』という小説を書くにあたって、唐代の胡人（イラン人）などについて福山敏男氏に示教を受けたことは、自身の記述にも明言しているが（松本清張『作家の手帖』、文藝春秋、昭56）、清張が把握した知識と考察は、小説を支える要素としてでなく、そのこと自体の主張として、この作品が書かれたと言えるものである。

このイラン取材をもとに朝日の連載小説「火の回路」を書いた。小説のヒロインはいちおうあるが、じっさいの主人公は「ゾロアスター教論」である。（松本清張『過ぎゆく日暦』、文藝春秋、昭63）

清張自身の明言するところである。作家が学術論文をつくって、それを小説の中に誰かの学術論文めかして使っている、『火の路』は、そういう小説である。

「作家が学術論文をつくって」と言われているのは、『火の路』中の「史脈」という雑誌に掲載された「飛鳥の石像遺物試論」と題した論文と、同じ雑誌の翌新年号に発表された「飛鳥文化のイラン的要素―とくに斉明紀を中心とする古代史考察と石像遺物について」という論文のことである。この小説のヒロイン高須通子が執筆した論文ということであるが、高須通子が仮構された女性なのだから、これは清張自身の論文として、まったく疑問がない。その論文は、全文が小説中に紹介、記述されている。

論文「飛鳥の石像遺物試論」では、飛鳥地方一帯に現在残存していたり、あるいはかつて遺存していた石像物、酒船石・亀石・益田岩船・猿石・二面石・道祖神石・須弥山像石などが、『日本書紀』斉明二年の条に記述が見える「両槻宮」に供されるはずであった遺物ではなかったかという仮説を、述べている。「両槻宮」の造営中止にともなって、それらの石像遺物は工作場に放置されたままになった。その人造石の面貌は、日本人でも朝鮮人でも中国人でもない特徴から、それらとも違う「異種族」の工人によって作製されていたものであろう、そういう推定説である。考察の途中では、石田茂作・川勝政太郎・北島葭江・藪田嘉一郎・門脇禎二など諸学者の見解も紹介しながら、結局、それらが「両槻宮」に関連した石像仏という高須通子の、ということは松本清張の新説を、明瞭に打ち出している。この部分では、小説記述という意識は、ほとんど忘れられている。

通子の周辺の、この論文に対する反応は、ひややかであった。それに対して、和泉市に住む〝転落〟史学者・海津は、「たいへん示唆に富んだ御意見」と高く評価した上で、両槻宮の〝観〟が、黒板勝美氏の解釈による道教的寺院のそれでないと否定し、古神道でなく、仏教でなく、道教でもないとしたら、これは、祆教すなわちゾロアスター教ではないかと言っている。通子の説を補強すべく、清張が海津に言わせているという構造である。

通子のイラン訪問の後に書かれた論文「飛鳥文化のイラン的要素―とくに斉明紀を中心とする古代史考察と石像遺物について」では、両槻宮の所在を田身嶺（多武峰）とする記述を疑い、益田岩船こそが、その遺跡であると述べる。「石の天宮（田身嶺）」である。岩船の台上には、東西二つの方形の穴がある。これを、イランのナクシュ・イ・ルスタムなどにある、ゾロアスター教の拝火壇と結びつけている。その推測の傍証として、古墳の家形石棺・新沢千塚出土のガラス容器文様などのペルシャ的性格を指摘する。岩船が拝火壇とすれば、「永遠の火」が燃え続けている拝火神殿が、なければならない。岩船の正面方位に所在の耳成山が、それに相当する。

これらをゾロアスター教石像物と認める時、その製作にあたったのは現地人と思われるが、はたして『続日本紀』の記事に見る李密翳などのように、波斯（ペルシア）人の存在が知られる。ゾロアスターの教義は、善なる光明と悪なる暗黒の対立であるが、それは、（祆教信者と推測される）聖武天皇夫人「光明子」の名などにも通じるところがある。正倉院蔵の三個のガラス杯は中国で発見されず、ペルシア系胡人が直接携行してきたという推測が出来る。兵庫県高砂市に「石の宝殿」と呼ばれる石造物がある。この「石の宝殿」はあきらかに未完成品であるが、もし完成していたら、飛鳥に運搬されて益田岩船と一対になるものであったと推測される。

両槻宮の「天宮」が益田岩船で、ゾロアスター教の拝火壇・拝火神殿であるならば、飛鳥地方のもろもろの石造物も、その宗教に関連するものと推測するのが自然である。道祖神は「胡人」の像と推定されるし、猿石には胡人の風貌を写すものがある。飛鳥朝に渡来したイラン系胡人を写したものではないか。須弥山石と道祖神の内部にある噴水設備は、中国・朝鮮になく、これもイラン的な特徴である。当初から現位置にあったと思われる酒船石は、表面の胡瓜形凹所は薬を搗《つ》く石臼と思われ、ゆるやかな傾斜を持った各通路（溝条）は、特殊な液体を薬の製造過程に混入させるものであったと思われる。胡天神（アフラ・マズダ）に供えるハマオ酒の製造用途の溝であったと、推測させる。

論文は、長大である。前者が、全集の一一六〜一三二の約十六頁、後者が、四二四〜四六四のおおよそ四十頁。四〇〇字詰原稿用紙で、前者が約五十枚、後者が約一二五枚。雑誌論文としては、普通にはない形である。清張は、小説中で研究論文を発表しているのである。これを純粋に学術論文として見る時、どのように評価すべきであろうか。筆者は、この方面での専門研究者ではないが、研究というものは、確かなことを確認しながら、先に進めていくものである。そのことを清張は無能の学者の代名詞のように言っているが、学界全体が事実として認定するという作業を進めながらいかないと、百家争鳴の仮説が並ぶだけという状況になる。確かに、清張の指摘する事実の痕跡とその連想には魅了されるものがあるが、一つ一つの裏付けを取って進まなければ、誰もが認識を拒否できないような真実の提示にはならない、ということも確かである。それと、さらに明らかに不審を感じるのは、

筆者は、八世紀の奈良に住んだペルシア人の記録以前に、すでに七世紀の飛鳥地方にはペルシア人の居住があったことを、以上の石造物から推測するものである。

という結論部である。清張は、石造物がゾロアスター教の関係遺物であることを、終始主張していたのではなかったか。先にも、清張が「じっさいの主人公はゾロアスター教論」と述べていることを紹介したし、小説中でも、「結論から先にいえば、日本には仏教が六世紀後半に伝わったといわれているが、祆教はそれよりおくれても六世紀末までには日本に伝来していたと筆者は推定している」と記述している。それが、いつの間にか、ペルシア人飛鳥渡来説（松本清張全集50「月報5」、昭58。「清張日記」昭和五十五年二月二十日）に変わる。この小説の執筆に際して、清張は、福山敏男氏・藪田嘉一郎氏などの古代史家の意見を訊いたことが知られているが、飛鳥の石像遺物をゾロアスター教と結びつけることには、必ずしも賛意を得られなかったらしい。門脇禎二氏も「松本さんとは何回も意見を交換しましたが、実はゾロアスター教というところまではね、ちょっと…。イラン人が来たこと、ペルシア人が来たことはよく理解できるし、賛成なんです」（対談「清張古代史の現在を再検証する」、「松

本清張研究」第六号、平17）と、発言している。清張は、史家との意見交換を通じて、主張困難になってきた飛鳥石像遺物＝祆教遺構説を、ペルシア人渡来＝祆教伝来＝飛鳥石像遺物に変えている。ペルシア人渡来が認められても、祆教の流布があったかどうかは可能性の一部だし、祆教が行われたとしても飛鳥石像遺物をそれと認めるのも、可能性の一部である。これは、研究者としては自明の論理の筋道である。このあたり、高須論文従って清張の主張には、論理構造に基本的な弱点があるように思う。清張のゾロアスター渡来説を正面から受けとめて、その検証に努めようとしているのは、国文学者の山口博氏である（「『火の路』検証」、「松本清張研究」第六号、平17）。

## 四　イラン紀行

清張が小説中の論文において、「飛鳥地方の石造物がゾロアスター教の関係遺物」という結論を明示しなかったことには、清張におけるなんらかの躊躇が、背景にあったようだ。

通子は、飛鳥の石造物の写真と、本に出ている実測図の複写を持ってきている。二面石、道祖神、須弥山石、酒船石、益田岩船などだった。これを考古学者に見せて、イランのどこかに似た遺物はないか。源流と想定できる物はないか、と聞き出すのはこの旅の重要なポイントになりそうだった。

と、通子に思わせている。「これに似たものはどこそこの遺蹟の傍にあった。これはどこそこの山中で見かけたものと瓜二つだ、といった呟きを」期待していた。それが、通子のイラン旅行の目的だった。けれども、その場面は、小説に描かれることがなかった。イスファハンから四キロばかりはなれた丘陵上の拝火神殿に立ったところで、通子のイラン旅行の記述は、終わっている。これは、不本意になされた〝終了〟のように思われる。

清張は、『火の路』執筆に先だって、昭和四十八年四月十四日から五月五日まで、イラン・トルコ・オランダ・イギリス・アイルランドなどをめぐる、取材旅行をしている。この時のイラン旅行がどういう経路であったか、通子がたどった経路にほぼ重なると考えてよいとすれば、次のようになる。バンコック・ニューデリーを経由して、深夜十一時にテヘラン着。翌日、南に八キロほどの町レイを訪ねて〝沈黙の塔〟を遠望、その後、空路イスファハンを経て、イェズドに着いた。イェズドでは、〝沈黙の塔〟の垣の上から、散乱する人骨などを見た（清張撮影の〝沈黙の塔〟写真が小説の中に挿入されている）。翌日拝火神殿で、ゾロアスター教の拝火儀式を見学、その翌日には、イスファハンに向かって砂漠を横断した。イラン人の女性ガイドのシミンが連絡をつけてくれた考古学者との面談が夕方まではかなわず、その間にと言って出かけた拝火神殿の場面で、通子のイラン旅行の記述は終わる。

清張はその後、昭和五十三年八月三十日から十月一日までの、イラン旅行をしている。ＮＨＫ取材班に同行する旅行で、その内容は、『ペルセポリスから飛鳥へ』（日本放送出版協会、昭54）に詳細に報告されている。テヘランからレイへ。ここの拝火神殿は、五年前の『火の路』取材旅行で来たことを、述べている。翌日は、ハリメジャン村の東大発掘調査隊の発掘現場で盗掘の実演を見て、エルブルズ山脈を越えテヘランに帰る。一日休憩の後にシラーズへ。シラーズからペルセポリスへ。ここでも「五年ぶり」の記述がある。午後、ナクシュ・イ・ルスタムに行き、王墓と拝火神殿と言われる方形建物を見る。その四キロほど北に、〝拝火壇〟と通称される二つの知られた石造物。翌日、ペルセポリスからイスファハンへ。二五〇キロの砂漠と岩山。ナイーンからイェズドを東に。

五年前、わたしはこの道を逆にイェズドからイスファハンに向かって走っていた。そのとき、タクシーの運転手は病気の六つくらいの男の児を助手席に乗せていた。扁桃腺でイスファハンの医者に診せにつれて行くのだという。子どもはぐったりとなって、運転する父親の身体によりかかっていた。

『火の路』中の叙述に、まったく一致する。イェズドの拝火神殿で、ゾロアスター教の拝火儀礼をテレビ撮影。反政府暴動の戒厳令のなかで、イェズドからイスファハン、そしてテヘランを経由して帰国した。

清張は、この『ペルセポリスから飛鳥へ』〈考察の章〉で、

以上、古代イランの文物・遺跡と、飛鳥地方のそれとの比較を中心に書いてきた。これを中心にすえたのは、拙作『火の路』での推測をさらにおしすすめたいためであった。

と書いている。『火の路』での意見と相違するところは、飛鳥地方の石造物を〝両槻宮〟関連の遺物とする見方から、蘇我氏の嶋邸に存在していたと改めた点であるが、益田岩船については、ナクシュ・イ・ルスタムで見た二つの祭壇と関連づけて発想したいと述べている。ガイドのサジャディーが「おお、バス（風呂）」と叫んだ孔である。「画面に映る岩山頂上の孔は益田岩船のそれに似ている。こっちのは孔が一つだが、益田岩船のは二つである」と、記述する。益田岩船も石の宝殿も、水の神アナーヒターの祭壇たるサンゲ・アープ（水の岩）であり、ジッグラト（聖塔）だからであろうと述べている。五年後に、〝考察をさらに進めた〟結果としての結論である。

昭和四十八年にイェズドからイスファハンに向けて砂漠を横断した時、清張は、飛鳥の石造物に酷似した遺物を発見する確信は、ある程度持っていたのだろう。多少の風化はあっても、飛鳥の石造物が現代にまで不思議がられながら残っているように、ゾロアスター教の本拠地なら、卑近に残存しているはずだという、確信である。しかし通子のイラン旅行は、古代ペルシアと飛鳥との共通性を頻りに説きながら、決定打の無いまま中断するように終わる。〝通子〟の論文が、飛鳥の石造物がゾロアスター教の遺物という目標を定めながら、結局、最後を「すでに七世紀の飛鳥地方にはペルシア人の居住があったことを、以上の石造物から推測するものである」という、本末転倒の言辞で終えざるを得なかったのには、そういう事情があったのだろうと推測される。

清張は、新たな見当をつけてはいた。和田新『イラン芸術遺蹟』（美術書院、昭20）が紹介する、ナクシュ・イ・ルスタム付近の「方形建物・拝火壇」である。昭和五十三年の再度のイラン行において、ペルセポリスと近郊のナクシュ・イ・ルスタムを行程のうちに入れ、ガイドに「おお、バス（風呂）」と叫ばせたのも、これが事実なら、清張自身の叫びであったろう。酒船石の「石皿」で作られた薬種が、胡人の飲用する「ハマオ酒」であり、ペルセポリス近郊の方形建物と益田岩船がゾロアスター教の共通の祭壇であり、飛鳥における古代イラン的要素が濃厚であることを主張すればするほど、疑う余地が無いほどの遺物の存在を指摘できないことが、弱みになる。清張の仮説の豊潤に惹かれながらも、そう言わなければならないのは残念である。歴史そのものを語るという手段を有効に持っていた清張が、あえてなぜ〝小説〟の形で、論文を発表しようとしたのか。新たな歴史語りの試みであったのか、〝小説〟の形でしか示せないという意識のせいであったのか。

## 五　副主題

小説が、複数の主題を持つということは、作品としてはマイナス要素と思うけれど、清張自身が〝副主題〟（『火の回路』を終わって」、「朝日新聞」夕刊、昭49・10・15）として述べていることであれば、それについての説明を省くわけにいかない。清張の自作解説を聞くまでもなく感じる、先見的な考察に対しての、無反応、冷視あるいは拒絶といった、学界と研究者の閉鎖性への感情である。それを、学者の無能と保身の為すものと認識して、それを、作品の今一つの主題としている。

役場の観光課主任は、カメラマンの板根の質問に対して、答えている。

「学者もはっきりしたことは言うてはりません。論文もほとんどおまへんしな。歴史学者にも考古学者にも。…先生がたは文献があるか、正体のはっきりした遺物については論文を書きはるけど、そうでないもんにはうかつに手をつけはらんようでんな。」

学者の無能ということを言っている。無能だから、論文を書けない学者が「弟子の論文を平気で盗用する…弟子は学界での自分の将来を先生に託しているので、文句も言えずに泣寝入りになる。」創造性が無いから実証を誤解して、「資料の羅列に終る」。「日本のことばかり見ている」から、無知から抜けられない。「重要な史料や資料は、教授の鍵のかかった机の中か、自宅の書棚の奥」にしまい込んで、「それをタネに小刻みに論文めいたものを発表することで権威的な体面を保っている。」清張の学者批判の根幹は、すべてその無能という認識に発している。

無能だから、彼を支えるものは、虚妄な権威の意識になる。その無意識の意識が、銀ぶち眼鏡をかけるような「もったいぶった学者態度」で、「アメリカから帰ってきてから、何か日本精神主義者」を装ったり、「人が入ってきても見返りもせず、だれかと訊きもせず」熱心に書きものをする態度、それが自然に身につく。「重厚というのは、はっきり言うと無能と同義語」である。公的な組織の権威が、自らのよりどころであるから、民間研究機関を軽侮して、同人誌的な在野の雑誌に発表すること自体を、無価値の証明とみなす。「どこかの雑誌に出ていた君の書いたもの」「なかなかおもろかったよ。」権威ある雑誌への掲載は、よほどの恩恵の意識によってしか認めず、博士の学位は、〝指導〟という名の「拘束であり、自由を奪われること」である。「一般向き」であることを軽侮し、「血統の純粋」を尊重するのは、「コンプレックス」の裏返しである。

　無能は、有能に対して「ジェラシイ」を感じ、「コンプレックス」を持つ。その「コンプレックス」を、自分を昂めることによって解消しようとしない。小説は、東京美術館に在職する佐田の「外局」意識をしきりに述べているが、そういう組織自体の優劣意識と、さらに正統性（主流派閥）と非正統性（非主流派閥）といった組織内での対立。学問研究とは別の次元での競争意識で「脚を引っ張り合う」のが、常の態度となる。学者は小心である。本来的な有能が研究的能力にあることを忘れている訳ではないから、優越しようとする研究に、過敏な神経を使う。奈良の骨董屋で出会った女流史学者が、前日から飛鳥辺を歩いていただけで、はるかに優位な立場にいる佐田にさえ、「論文でも書くんですか」と問わせたり、はた眼にも察しられるような「思案」の様子を見させたりする。

　組織の中でこそ保たれる立場であることは自覚以上のものがあるから、組織から疎外されるのが、なによりの恐怖である。〝師の道〟に従い、ひたすら「臆病」な「慎重」を守って、「出過ぎた真似」をしない。師と衝突しないために「同一テーマを専攻することを避け」、組織内での保身にひたすらつとめる。

「学者の間は、裏ではとにかくとして、表面では礼儀正しく対手方を立てるようにしている。蔭では、あの野郎呼ばわりでも、公開の場では、久保教授とか久保博士という敬称がいちいち付く。論争にしてからがそうだ。礼儀を守って、実に慇懃なものだ。」

「ははあ。」

「これじゃ鈍感な奴が、、、、、、、、、さらに鈍感になるよ。」

清張の指摘するところである。

学者の無能が、内面では過敏な競争、外面では虚偽な温和、それが全体としては、虚妄な権威と保身の閉鎖社会として存立する学者世界に対する清張の批判は、たしかに当たっているところがある。けれどそれは、学者世界にのみのものではない。というより、一般社会のそれは、さらに激烈で苛酷な様相を呈するものであろう。けれど清張は、学者世界のその醜悪にだけは許し難い感情を持つ。ここにはあってはならないことだという思いが裏切られる、落胆の感情であるのだろうと、筆者は推測している。これが、この小説に込めた第二主題だと清張は述べたが、それは批判の感情にとどまらず、行動によって挑戦されるものとして、小説が書かれている。転落した史学者海津信六によってである。

海津信六が、『断碑』の主人公木村卓治に重ね合わせて記述されていることは、先に述べた。「たいへんな学者」であった海津は、「女のことで」転落し、「学界から葬り去られ」た。卓治が、拒絶されたアカデミーに敵意を燃やしたのは、それなりに理由は分かる。それに対して、「女のことで」転落した海津には、自業自得といった面もあるようだが、無学歴の俊秀であったことが悲劇を決定的にしたことを考えれば、拒絶した権威への報復の感情も理解できる。

海津の復讐は、「目利き一つに生き死に」をかけている骨董屋の立場で、権威の上に安穏と座しているだけの学者の無能を暴く、そういう形で実行される。崇神陵の裏山での人影・骨董店「寧楽堂」で追い払われた男・安福寺の坂下で見た救急車・スポーツ紙しか見せなかった普茶料理「大仙堂」・京都某家所蔵の環頭大刀疑惑、それとなく仄めかしていた霧中の姿が、海津に離れを貸していた家の主婦の証言で、ほぼ明瞭になる。

「海津はんは、保険の仕事だけやのうて、ほかにもよろくの収入があったように思いますねん。こっちゃのほうが保険よりも大きかったと思ってま。」

「それはどういうことですか?」通子は遠慮がちに訊いた。

「さあ、それがどないな仕事かようわてにもわかりまへんけどな。…」

海津は、盗掘した遺物を使って、贋物を製作していた。贋物が容易に権威の眼を眩まして通行することに、追放された世界への報復を賭けていた。本物は、どちらだ。無能と見せかけの権威への批判を、このような形で小説の記述にしていた。筆者は、そのようにも感じる。

## 六　小説つくり

『火の路』は、清張にとって、意欲的な作品である。学者としての発言も十分に尊重される立場になりながら、それでも清張は、小説として発言できる立場を活用した実験的な小説を書いた。その意図が、十分に成功しているかどうか、評は読者それぞれの感受にゆだねたいが、筆者としては、やや気になる記述がある。述べておきたい。

小説の初め、通子が海津に出会う場面、シンナー遊びの常習者に刺されて、その翌日、通子が献血で病院を訪れた時、病床の海津が「アサシン」と呟いていたと、村岡が語った。「殺し屋」とか「イスラム教徒の秘密暗殺団」の意味ではないかと思った通子は、奈良の書店で、重い英和辞書を繰って、その意味を確認した。海津についての興味に、彼が重症のベッドで呟いた「アサシン」の言葉があったことを、東京に帰った後の通子に、思い出させてもいる。その後、通子と海津が出会った時、海津は「あれは幻覚で他人を殺しますから、ついアサシンと口に出たのでしょう」と、この話を打ち切りにしているが、消化不良の気がしないだろうか。組織的な盗掘団の存在を仄めかす物語の展開から推測して、闇の世界の表層の事件であったという程度の重みでも加えなければ、格好がつかない気がする。なんらかの構想変更があったのだろうか。

通子とカメラマンの板根との出会いに関しては、編集長の福原がしきりに通子にモデルを頼んでいるのに、板根は、アリの撮影に夢中になっていたり、酒船石について根ほり葉ほり質問したり、なにか無関心の風である。推理小説では、最も犯人らしくない人間が犯人という定説があるそうだが、小説は、いかにも意図的に展開していく。翌日の骨董屋での出会い、さらに翌日の出会いから病院での一緒の献血、ここまでの奇遇はまだ認めるとしても、通子が大阪の海津を訪ねての帰途の新幹線の車内、

「ここ、空いてますか?」と、息をはずませた男の声が通子の頭の上でした。がたがたと荷物の音がする。「どうぞ」と挙げた顔が相手のと合ったとき、両方で、「あっ」と声を出したものだった。

というのは、やりすぎではなかろうか。これほどの偶然は、気がひけて設定しにくい。それほどまでして通子に（ということは、読者に）伝えたかったのは、車中で板根が語った、海津がT大史学科の大ボスの助手であったこと、恋愛問題で消息を絶ったこと、病院で出会った夫人がそれとなにか関係あるらしいこと、これらのことである。

海津が「T大史学科の大ボスの助手」であったことを、今頃通子が知るというのも奇矯な設定である。筆者も一応学問の世界に身を置くものとして、自身も助手であるT大学のかつての在籍者で、しかも同じ専攻分野で、しかも俊秀を期待された研究者で、しかも先見的な注目された学者で、特に在

野にも近いという似た立場でもあるのに、海津が通子の知見の範囲にもなかったというようなことはあり得ないと、ほぼ断言できる。通子が、優秀な若手研究者という設定なら、尚更のことである。

そのことも奇矯であるが、病院で出会った婦人を、二十年も前の海津の転落とかかわりある女性とすぐ推測する。それはまだ許容するとしても、鷲見画伯夫人の顔に「わが眼を疑った」というのは、安易に過ぎる。先日出合った女性と瓜二つの女性に出会うという奇遇さもそうだが、姉妹なら「瓜二つ」という短絡も気になる。板根の凝視に気付いた夫人が、「姉は昨日、イスタンプールにむけて羽田を発ちました」と、突然に発言するのもおかしい。板根の視線に不審を感じたら、「なにか?」と自然に訊けば済む話で、板根が推測するように、海津を見舞ったことを隠そうとしているのなら、海津からの発言があるまで、無視していればいい。敢えて聞かれた時に、嘘でも否定するか、否定せずになんらかの弁疏をするか、それまでに返答の用意をしていれば良い。自分から、思わせぶりな発言で、「瓜二つ」の容貌の姉がいることを、板根に知らせなければならない理由は、まったくない。鷲見画伯夫人を、海津の転落の女とするのはいかにも無理なので、〝姉〟を登場させる工作をしたというだけのこと。

それにしても、病院で出会った婦人に対する板根の関心は、度を越している。その婦人が、海津の転落とかかわりのある人らしいことを、新幹線の車内で通子に知らせた後、山陰への所用の途中で京都に下車して、普茶料理の料亭を訪ねたりする。

鷺見画伯婦人嶺子の実姉亮子という婦人のことをそれとなく聞き出すつもりである。「聞き出す」必要など、なにもない。通子の出生とかかわる何かというなら、話は分からなくもない。全く第三者の隠れた愛情関係を、依頼された探偵のように詮索する必要は、まったくない。さらにタクシーで、「増田亮子を垣間見ることができるかもしれないというはかない希望」で、亮子の夫増田卯一郎の北白河の自宅付近まで行ったりする。病的と評し得る板根の徘徊である。

通子の、病院で出会った婦人に対する関心も、普通ではない。新幹線の車内で、板根から〝転落の女〟の情報を聞いた通子は、海津の〝姪〟の倶子の「家庭のことが知りたい」と、非常勤講師で出ている高校の同僚の糸原のツテで、調査を頼む。糸原からの速達。R学院大学仏文学科四年生で、本名「稲富倶子」、兵庫県佐用郡上月町在住の農業稲富庄一郎の長女で、中学生の弟が一人、といった内容。通子は地図を開いて、岡山県境近くの上月町を確認する。〝姪〟にねだられて、三年間のフランス留学を許した海津の経済力を、通子は「試算して」みる。余計なことである。通子の、海津の女性関係への興味も、度を超している。

さらに不可解な記述がある。海津の転落の女が、板根の推測のように「鷺見画伯婦人嶺子の実姉亮子」であったとして、海津と亮子の間には、隠れた娘がいるらしい。亮子の夫である実業家増田卯一郎は、事実は察知しているが、なんらかの事情で妻を離縁せず、海津と亮子との関係もひそかに続いている、というように小説は書いている。その娘とは、板根が普茶料理の料亭を訪ねた時に、「横手の木戸から白いワンピースが急にとび出してきた」その娘らしい。益田岩船を訪ねて、岩上で大仙堂の箸袋を見つけ、近くの土木作業員から、中年の男一人と母娘と思われる二人とが昨日やってきたと聞き、板根は、あやうく自分にぶつかりそうになった「白いワンピース」を思い出している。

板根は、雷の閃光と音響のなかで、「増田卯一郎の激怒による（海津の）学界放逐の謎」に思い至る。小説は、そのように記述する。それなら、その「可愛い顔をした娘」が、稲富倶子でなければならない。小説は最後で、自分の出生の秘密を知った倶子が、連絡船から瀬戸内海に身を投げたことを記述している。「白いワンピース」と「倶子」が同一人物なら、倶子は、岡山・上月町の稲富庄一郎の娘（ということになっている）で、時に、京都の普茶料理屋「大仙堂」に遊びに来たりして、近くの実業家増田卯一郎夫人には母娘のように親しく可愛がられている、という話になる。東京の大学の寮に住んで、関西では伯父の海津に、父親のように親近する倶子が、なぜ南禅寺の普茶料理屋によく現れるのか、そういう説明はまったくされていない。ここら辺、構想ミスの可能性が考えられるが、深くは追求しない。

倶子が真相を知って瀬戸内海に投身するくだりも、安易である。自分が、稲富庄一郎の娘ではなく、増田卯一郎夫人と海津との間に生まれた子であることが分かったとして、それが、どれほどの落胆あるいは絶望に結びつくのだろうか。父親のように親近していた海津が、実の父親と知った喜びの方が、むしろ大きいのではないだろうか。認知されなかった不義の子であることのショックが、どうして投身に結びつくような衝撃になるのであろうか。小説は、多感な年齢の衝撃というような曖昧さで、説明もせずに逃げている。というより劇的な伊予灘の終末場面に、すべてを優先させている。『火の路』は、小説構想の点では、瑕瑾と言うべき甘い部分があることに、気付かない訳にいかないように思う。

## 七　執念の作家

繰り返して言うが、小説『火の路』は、清張が意欲的に挑戦した作品である。『西郷札』で始発し、『点と線』で推理小説作家となり、『陸行水行』で古代史家となった清張が、飛鳥の石造遺物の考察から、古代イラン文化の流入を見る。それを小説に挿入したヒロインの論文によって、提示する。小説としても、論文としても新機軸と言うべき試みである。清張が、「小説のヒロインはいちおうあるが、じっさいの主人公はゾロアスター教論」と言ったことは先に紹介したが、作中論文の部分は、単行本として出版される際に、さらに大量の書き加えがなされたそうである。小説『火の路』が、清張にとっての学説であり、いかにその主張であったかが分かる。小説発表の後も、雑誌その他で、古代日本へのペルシア人の来朝やゾロアスター教の流入をしきりに主張し、『眩人』などという小説を書き、『火の路』におけるイラン紀行の確認とも言える『ペルセポリスから飛鳥へ』という旅行記を報告したりした。学者としての清張、小説家としての清張、その両面の能力を結集しての作品が、『火の路』

という小説であった。

清張がこだわったこの見解は、完結には至らなかったようである。たとえば最近の発言に、次のようなものがある。

「構想力」といいますか、「想像力」が壮大でありすぎて、そこが面白いところなんですが、実証これに伴わずというふうな憾みなきにしもあらず。後で申しますが、『火の路』はちょっとそういう点があって、ゾロアスター教と益田岩船を結びつけるのは構想としては面白いのですけれども、実証という点からみると、歴史家・古代史家を納得させるに足りない点がある。（直木孝次郎「飛鳥の石像遺物と斉明天皇」、「松本清張研究」第六号、平17）

直木氏は、後文でも『火の路』でのこの拝火教の問題は、「やはり学問的にはまだ証明不十分」と、述べている。門脇禎二氏も、イラン人・ペルシア人が来たことは認められても「ゾロアスター教というところまではね」と発言していたことは、先に紹介した。飛鳥石像遺物はゾロアスター教遺物であるという検証を、高須通子のイラン旅行で感動的に実現させようとしたけれど、それは叶わなかった。結果、ペルシア人渡来を述べて、それが本来の論証目的であったように、体裁を整えている。悪くいえば偽装、庇って言えば腰くだけ。

腰くだけにはなったけれど、小説と論文を合体させて、そこに学者世界の虚妄を副主題とし、読者を惹きつけてやまない物語世界を展開し得たのは、清張ならではの能力である。清張以外の作家にも、歴史家にも、これほど読者を領導できる作家は、今後も現れにくいであろう。その点で、どれだけ声を高くして評価しても良いのであるが、巨人清張は、多忙に過ぎた。多忙であり、多作であることに、清張はむしろ意図的に挑戦したようであるが、それが作品の質を昂めることに寄与したとは、結果的に見て評しにくい。新進女流史学者と転落した老学者、追放された無能の学界への闇の世界からの復讐、小説の構想は緻密に計算されて、動的な展開を見せていたと言ってよいと思うが、計算された展開には、やや強引が感じられるところがある。特に、実業家増田卯一郎の娘と「稲富倶子」との問題などは、多忙ゆえの不注意ミスとしか思えない。清張に、十分に余裕ある構想と執筆の時間が与えられていたら、作品『火の路』は、清張文学を代表する名作となって世に残ったのではないか、そう思うと、筆者には残念でならない感情がある。

# あとがき

先日、大阪空港から、有馬温泉に向かう道を辿った。『内海の輪』で、宗三と美奈子がタクシーで辿った道である。緑の斜面を綺麗に剝いだような、蓬萊峡の突兀《とっこつ》とした山容が前面に見えた。群馬の榛名山をどこか思い出す。三十数年前、東北の地方大学から京都に職を得て移った時に、早速に訪ねた時の光景と、少しも変わらない場面と感じた。小説の舞台は、無論虚構である。清張さんが、この同じ風景を見たうえで、小説の場面にしたかどうかも、分からない。けれど、関西に行ったら、一度行ってみたい、その時は、鮮明にそういう感情があった。

筆者の出身大学では、「論文は足で書け」という指導を受けた。清張さんの『張込み』でもないが、教授が刑事に間違えられたという話もあった。筆者自身は、専門を平安時代に限定したので、書誌的な研究でなければ、「足で書く」ということに、さほど拘らなくても良かった。貧乏書生であったので、できるだけ金がかからないようにと、ひそかに思案した結果でもある。

老年になると、心は、若い時代にしきりに回帰するもののようである。定年近くになって、専門分野でも残した課題は山積しているけれど、青年時代に、ひそかな友であった清張小説への共感が、しきりに蘇ってきた。かつての郷愁のままに、清張さんの小説と人生を、筆者なりに理解したいと思う試みを、先年、一応は形にした。けれどそれは、清張山脈を、貧弱な装備で、なんとなく遭難もせずに下山できた、ささやかな体験報告に過ぎない。一応は縦走は果たした、ただそれだけのものである。その報告の最後に、「この次には、多少安心なルートを紹介できればと思っている」と書いた。本書の内容が、部分的にでも「多少安心なルート」になり得ているかどうかは、はなはだ覚束ないけれど、清張山脈縦走の途次で見かけた主な峯について、筆者なりに山麓からの登山道を、それぞれ懸命に探したものではある。多分、もっと安心な登り方があろうとも思うのだけれど、参考のために、とりあえずの報告をお許しいただきたい。

幸いにご一読の栄を得られたとしたら、恐らく、「この筆者は、推理小説というものを知らないのではないか」、そういった感想、場合によれば反感を持たれたかも知れないと、推測する。その感想は正しい。実は、筆者は、推理小説（探偵小説）と言われる種類の作品に、ほとんど関心を持っていない。このタイプの小説が、特定の殺人事件を軸にして構成されるという基本的性格があるので、なにか好意を感じにくい感情がある。今でも、たとえば「京都殺人案内」などというようなタイトルを見ただけで、テレビ映像への拒否反応を起こしてしまう。社会派推理小説の巨匠と言われる清張さんの小説に共感して、たまたま本書の閲覧を賜った方々には、その点を、まことに申し訳なく思う。普通に推理小説と言われるものに、殆ど関心もなく読んだこともない人間が、清張小説の瑕瑾をいちいちあげつらったりしているので、随分と見当外れの指摘や失言もあると思う。けれどもそれは、筆者が、清張小説をあくまで文学作品として受け止めたい、その意識の結果であるので、海容をお願いしたい。

　実のところ、筆者の感覚が多分異常なのだろうと思うけれど、清張小説は、筆者にとっては、無上の芸術である。清張さんが親愛の感情を持ったという菊池寛の、戯曲『父帰る』が上演された時、芥川や久米などの友人たちは、涙をポロポロ流し合ったという。そういう感動が、文学の感動であると表現することが許されるなら、清張さんは、漱石よりも、芥川よりも、筆者にとってはすぐれた文学である。具体的なことを記述するのは省略するが、清張小説への共感が、筆者の人生を思わぬ方向に導いたということもあるし、清張小説に描写されるひたむきな人生に、いつ読んでも、条件反射のように感涙を誘われる。駅前の赤提灯で、チビリチビリと杯を傾けながら聞いている、演歌のような感傷である。これが文学なのか、芸術なのか、今は、議論はしないでおきたい。

　本書に収めた十一編の小説を理解するために、若い研究の始発時に指導された、「論文は足で書け」という懐かしい感覚を思い出した。近くは南禅寺や飛鳥・蓬萊峡・明石、遠くは天城越で下田へ、三浦半島の観音崎あたりまで、足を伸ばした。おおむね郷愁以外のものでないが、老年になってみると、人生そのものが単なる郷愁という感覚もある。一応本書を世に出して、少し落ち着いたら、晩年の森本六爾が混迷して呟いた、信州の上林温泉というところを訪ねてみたいなどと思っている。ささやかな小著も、京都文化博物館資料室・京都府立図書館・滋賀県立図書館の収蔵文献に多大に助けられたし、古代学協会・橿原考古資料館・芦屋市教育委員会の研究員の方々にも教示を得るところがあった。あらためて感謝の意を表したい。

〔件　名〕

## 〔地　名〕

# 索引（人名・地名・件名）

## 〔人　名〕

著者略歴

加納　重文（かのう　しげふみ）

昭和15年、広島県福山市生。昭和42年、東京教育大学文学部国語学国文学専攻、卒業。秋田大学、古代学協会・平安博物館を経て、昭和53年、京都女子大学助教授。同60年、教授。平成18年退職。同大学名誉教授。

著書は、『源氏物語の研究』（望稜舎、昭61）、『平安女流作家の心象』（和泉書院、昭62）、『歴史物語の思想』（京都女子大学、平４）、『明月片雲無し　公家日記の世界』（風間書房、平14）、『香椎からプロヴァンスへ　松本清張の文学』（新典社、平18）、『松本清張作品研究　付・参考資料』（和泉書院、平20）、その他。

現住所　520-0501　滋賀県大津市北小松1533-6

清張文学の世界　砂漠の海　　和泉選書　162

2008年５月25日　初版第一刷発行©

著　者　加納重文
発行者　廣橋研三
発行所　和泉書院

〒543-0002　大阪市天王寺区上汐５－３－８
電話 06-6771-1467／振替 00970-8-15043
印刷・製本 シナノ／装訂 濱崎実幸

ISBN978-4-7576-0458-2　C0395　　定価はカバーに表示